2023 신춘문예 당선동화동시집

2023
신춘문예
당선동시동화집

청출판

동화 · 동시로 그려내는 유니버스
동심으로 바라보는 메타버스

동화 동시는 어린이가 보는 책이라는 상식이 지배하고 있다. 어린이는 어른보다 서열이나 능력이 낮거나 모자란다는 통념이 지배한다. 따라서 동화 · 동시 작가도 그러한 통념으로 인한 오해로 인해 안타까울 때가 많다.

어린이는 어른의 스승이다.

복잡하게 꼬여버린 문제의 실타래를 푸는 일을 결자해지라고 한다. 원인 제공한 사람에게 해법이 있다는 말이다.

바쁠수록 돌아가라는 말도 있다. 달리 비약해서 어른일수록 동화나 동시를 가까이해야만 하지 않을까? 어린이의 눈에 어른은 단순한 문제를 크게 비화시켜 복잡하게 하는 도사이기 때문이다.

어른은 세상의 어린이에 불과하다. 매 순간 성인은 초심자에다가 어린이일 수밖에 없다.

동화와 동시는 어른의 돌아갈 수 없는 과거 유토피아이자 순수한 눈에 비친 메타버스를 구현한 지대를 그려낸 은유이다.

작가의 순수한 눈과 가슴이 없이는 구축할 수 없는 거점인 것이다.

2023 신춘문예에도 훌륭하고 참신한 동화·동시부문 작가들이 꿈꾸는 메타버스가 탄력을 받았다. 대내외적으로 어려운 지표가 하루가 다르게 밀려오고 코로나19의 잔재가 곳곳에 남았다. 어려운 시기일수록 동심의 투사가 명약이 아닐까. 모두가 어른이 일으킨 것인데 동심의 눈으로 볼 때 역발상의 지혜가 떠오른다. 동심은 귀향을 꿈꾸는 노마드의 이상향처럼 회귀하기 어려운 곳이다. 누구나 꿈꾸는 지점이지만 그 지점을 터부시하고 애써 외면했던 모두의 자리였다. 그러한 장면을 설정하고 감각적 터치와 구도를 형상화 시켜 가랑비처럼 적셔주는 동화·동시 작가는 보석같이 귀하다.

동화·동시를 가까이하는 습관이 빛과 소금의 역할을 한다. 아이는 초인의 표상이기도 하다. 예술의 위력을 유일한 구원의 도구로 바라본 니체는 어린이에게서 그 모티프를 발견했다.

동화·동시 작가의 발굴이 급하고 중요할 수밖에 없는 이유이다. 가정에 웃음이 만발하고 사회적 공동체가 살아 숨 쉬는 저력도 아이 키우는 어머니의 모성이 본성 속에 살아 숨쉬기 때문이지 않을까.

동심은 사심이 없는 순수한 이끌림의 에로스적 충동을 지닌다. 어른의 힘은 초심에서 나온다.

초심으로 돌아가면 얽히고설킨 매듭이 풀릴 수 있다.

동심의 한복판을 발견하고 머물고 걷는 사람은 허투루 지나칠 수 없을 것이다. '행복한 사람은 있는 것을 사랑하고 불행한 사람은 없는 것을 사랑한다'라고 한다. 누구에게나 있는 동심을 사랑하는 것이 미지의 행성에 고향을 세우는 불안을 잠재울 것 같다. '창백한 푸른 점' 같은 미미한 존재인 자신의 고향을 사랑하는 것은 동심으로 돌아가는 것이다. 떠날 수밖에 없는 천형 같은 운명을 안고 사는 불확실성에 대한 해답도 내가 딛고 서 있는 원형인 동심에 그 해답이 있다. 수구초심, 잠든 동심을 찾아 오래된 책장과 서점의 동화동시집에 손을 뻗어 중장년이 애독하여 힘과 지혜를 재충전하는 원년이길 다짐해 본다.

메타버스 세상은 동심에 이미 열려있다. 저 멀리 잡히지도 보이지 않는 기상천외한 곳에 있는 것이 아니다. 순수하고 훌륭한 작가의 동화와 동시 안에 새봄 꽃으로 피어있다.

이제는 꽃밭을 거닐고 향기를 맡으며 나름의 색깔로 그려나가면 된다.

새봄 동화 · 동시 작가의 탄생을 축하드립니다.

2023년 1월
박시연(평론가)

차례

동시

동

화

강원일보

이 지 영

1997년 서울 출생
중앙대학교 문예창작 전공 졸업
2023년 〈강원일보〉 신춘문예 동화부문 당선
shelter970@gmail.com

올리버와 앤

이 지 영

"그거 어디서 났어?"

물류 유통형 로봇 분류번호 A-58973, 올리버는 펜이 들고 온 동물에 고개를 갸웃했다. 펜은 조금 들떠 있어 보였고 무서워하는 것 같기도 했다. 펜은 조사를 나올 때마다 올리버에게 자기가 발견한 동물과 식물들을 가져와 소개해주었다. 이번에도 그런 동물이겠거니 싶어 올리버가 묻자 펜은 자신의 품에 안겨 있는 동물을 가리키며 말했다.

"인간 아이."

"인간? 멸종동물로 지정된 그거?"

"응. 인간 아이야. 그것도 여자아이."

올리버는 펜이 데려온 여자아이를 보았다. 여자아이는 머리가 산발이었고 동물 가죽을 대충 둘러 옷처럼 입고 있었다. 올리버의 전자칩에 저장된 인간의 모습하고는 달라서 진짜 인간인지 구별이 가지 않았다.

"장난치지 마. 인간 여자애가 어떻게 살아 있어?"

"진짜야. 너도 심장 소리를 들어 봐. 우리랑 달라."

올리버는 의심하면서도 심박수를 체크했다. 쿵, 쿵, 쿵, 쿵. 올리버와 펜과 같은 로봇들은 가지지 못한 일정한 심장 소리가 올리버에게 느껴졌다. 올리버는 펜이 장난치는 게 아니라는 걸 알았다.

"진짜 인간이네."

"버려졌나 봐. 주변을 둘러봤는데 비슷한 종도 못 찾았어."

펜의 대답에 올리버는 난감했다. 올리버가 태어나기 전에 멸종했다고 전해진 종이었다. 그리고 올리버와 펜의 임무는 도시 밖으로 나와 조사를 거치면서 새로운 종을 발견하는 것이었다. 멸종되었다고 전해지는 인간을 새로운 종이라고 해야 할지 난감했다.

올리버는 인간처럼 머리를 긁적였다. 펜은 잠든 여자아이와 올리버를 번갈아봤다. 펜은 무언가 결정을 내린 듯 여자아이를 더 꼭 안고 말했다.

"도시로 데려가자."

올리버는 말릴 수 없었다. 황소고집 펜의 결정은 그 어떤 로봇도 막지 못했다. 올리버는 펜이 데려가는 인간이 도시를 한바탕 뒤엎을 사건이 되겠다고 생각했다.

올리버의 예측대로 도시는 한바탕 뒤집어졌다.

펜은 올리버의 몸체에 아이를 숨겨서 데려가려고 했다. 올리버는 물류 유통형 로봇이기에 덩치가 컸다. 그래서 몸체에 동물이나 식물을 담을 수 있는 공간이 있고, 아이는 충분히 들어가고도 남았다. 다만 올리버와 펜이 간과한 점이 있었다. 올리버의 몸은 숨을 쉬는 동물을 넣는 공간이 아니었기 때문에 인간은 숨을 쉴 수 없다.

"올리버, 그 소리는 뭐야?"

올리버는 자기 몸에서 울리는 진동에 난감했다. 도시 입구를 지키는 경비 로봇은 올리버를 걱정했다. 경비 로봇은 올리버의 몸에서 울리는 소리가 고장 난 것으로 들렸기 때문이었다. 올리버는 거짓말을 못 하는 로봇이었다. 만들어질 때부터 그랬기에 어떻게 설명해야 할지 몰랐다. 인간을 데려왔다고 하면 경비 로봇이 올리버를 도시로 들여보내 줄 것 같지 않았다. 그런 와중에도 인간은 밖으로 나오려는 듯이 올리버의 몸에서 움직였다. 쿵, 쿵. 올리버는 자신에게 심장이 있다고 착각할 뻔했다.

올리버는 펜과 경비 로봇을 번갈아 보았다. 펜이 어떻게든 설명하려 했지만 올리버는 결국 몸체의 문을 열었다. 난감한 것도 있지만, 정말 있는 대로 부딪히는지 올리버의 몸이 들썩일 정도였기 때문이다. 올리버는 이런 어려움을 겪고 싶지 않았다. 이때는 날렵한 몸체를 가진 펜이 미웠다. 조사형 로봇인 펜이 물류형 로봇이었으면 좋겠다고 생각했다.

"으악!"

"꺄악!"

올리버의 몸에서 튀어나온 인간을 펜이 받아냈다. 여자아이는 숨을 몰아쉬면서 켈록거렸다. 눈이 벌게져 있는 게, 꼭 자신을 물거 같아서 올리버는 뒤로 물러났다. 올리버는 아픈 게 너무 싫었다. 펜은 바둥거리는 인간을 꼭 잡고 놓지 않았다.

"실은, 밖에서 조사하다가 인간을 발견했어."

"인간?!"

경비 로봇은 펄쩍 뛰었다. 그리고 서둘러 도시 전체에 말했다.

'펜과 올리버가 인간을 데려왔다!'

도시 곳곳에 있던 로봇들이 올리버와 펜에게 몰려들었다. 정확하겐 펜이 들고 있는 인간을 보기 위해서였다. 도시에 있는 로봇 중 마더와 시장인 데릭을 빼곤 인간이 멸종한 뒤에 만들어진 로봇들이었기 때문이었다.

펜은 여자애를 보러온 로봇들에게 관심이 없었다. 자기가 데려온 인간이 로봇들 사이에서 기절해버린 뒤로 깨어날 수 있는지에만 온 관심이 쏠려 있었다. 그렇기에 펜과 올리버를 찾아온 로봇들을 상대해야 하는 건 올리버뿐이었다.

"어디서 주웠어?"

"저게 인간이야? 멸종되었다고 했잖아."

"인간에겐 성이 있다며? 여자야? 남자야?"

"우리처럼 말을 해? 목소리 들어봤어?"

올리버는 펜도 모르고 자기도 모르는 질문들이 쏟아질 때마다 도망치고 싶었다. 올리버는 같은 로봇들이어도 만나기 싫었다. 로봇들이 자기에게 관심을 가지지 않았으면 좋겠다고 생각했다. 한 번도 펜이 미운 적이 없지만 이때만큼은 올리버는 펜이 미웠다.

올리버는 펜의 뒤로 숨었다.

"난, 난, 몰라. 모른다고! 펜이 데려왔는데 내가 어떻게 알아?"

"올리버 괴롭히지 마. 얘는 내가 데려왔어. 조사하다가 풀숲에 숨어 잠들어 있길래 데려온 거야."

펜은 덩치가 큰 올리버 앞을 가로막으며 말했다. 로봇들은 올리버에게서 펜에게 질문을 쏟아냈지만, 펜도 인간에 대해서 아는 것이 별로 없기 때문에 금방 로봇들은 흥미를 잃었다. 올리버는 펜이 자신을 대신해 대답해주니 조금씩 인간을 내려다보았다. 머리가 산발인데다 까만 게 덕지덕지 붙어있어서 제대로 얼굴을 확인하기가 어려웠다. 펜은 대체 저걸 보고 인간이라고 판정할 수 있었는지 신기해할 즈음, 시장이 펜과 올리버를 불렀다.

"올리버, 펜. 데릭 시장님이 시장실로 오라셔."

"펜만 가면 안 돼?"

"안 돼, 올리버. 너랑 펜 둘 다 오라고 했어. 도시에서 시장님의 말은 들어야 한다고 했잖아."

비서 로봇이 친절하게 답했지만 올리버는 시장실에 가고 싶지 않았다. 펜만 따로 갈 수 있었다면 좋았을 텐데. 펜은 아무렇지 않게 올리버의 손을 잡고 비서 로봇을 따라 걸었다. 올리버는 펜에게 질질 끌려가다가 결국 스스로 걸어서 시장실로 향했다.

"펜."

"응?"

"그 인간 어떻게 할 거야?"

"글쎄, 나는 조사형 로봇이잖아. 조사한 걸 시장님께 보고해야할 의무가 있어."

"그러니까, 시장님이 그 애를 도시 밖으로 내보내야 한다고 하면 내보낼 거야?"

"글쎄…."

펜과 올리버는 인간을 봤다. 기절하면서 잠들었는지, 미동도 없었다. 올리버는 인간 여자아이를 물끄러미 봤다. 펜이 가끔가다 새끼 고양이나 양 같은 어린 동물들을 찾아 보여줘서 그런지 그것과 비슷해 보이기도 했다. 그리고 올리버는 펜이 데리고 온 동물들을 다시 도시 밖으로 내놨을 때, 어떻게 되었는지 기억해냈다. 어렵사리 무리를 찾아 그곳에 풀어주면 무리는 새끼를 배척했다. 무리의 일원이 아니라고 생각한 모양인지 어떤 무리도 새끼를 받아주지 않았다.

이후엔 동물들이 올리버와 펜의 시야에서 없어져 어떻게 되었는지 모르지만, 올리버는 만약 이 여자아이도 그렇게 배척받을 거 같단 생각이 들었다. 그보다 더 어려운 건 멸종되었다고 기록된 인간 무리를 다시 찾는 것도 문제였다. 올리버는 이런 어려운 문제는 감당하고 싶지 않았다.

"올리버, 펜. 그게 인간이라고?"

오른쪽 눈에 상처가 있는 데릭 시장은 시장실 상석에 앉아있었다. 올리버는 펜의 뒤로 숨었다. 데릭 시장은 크게 신경 쓰지 않았다. 오로지 펜이 안은 여자애에만 관심이 있었다.

"네. 숲에서 조사하다가 덤불 속에 자는 걸 찾았어요."

"확실히 인간이 맞네. 그 근처에 다른 인간 무리가 있진 않았고?"

"이 여자아이가 지나온 길을 따라가다 산사태 흔적을 찾았어요. 그 때문에 흔적이 사라졌어요. 며칠 전에 엄청나게 비가 쏟아졌잖아요."

"그렇다면 이 인간이 거주했던 군락도 산사태에 쓸려나갔을 수도 있겠어."

"어떻게 할까요?"

올리버는 데릭 시장을 봤다. 데릭 시장을 봐온 오래된 로봇들의 말에 의하면 데릭 시장은 인간을 싫어한다고 했다. 데릭 시장의 오른쪽 눈이 망가진 이유는 멸종한 인간이 그렇게 만들었기 때문이라고. 그래서 올리버는 저 어린 인간을 데릭 시장이 도시 밖으로 내보낼 거라고 생각했다. 올리버는 여자아이를 다시 봤다.

'저렇게 작은 애는 도시 밖으로 나가면 죽지 않을까?'

올리버의 머릿속에서 땅에 주저앉아 무리를 하염없이 보던 새끼가 생각났다. 묵묵하게 무리를 보는 눈엔 나중 가선 눈물도 없었다. 꼭 자신의 위치를 안 것 같았다. 무리에 속하지 못하고 외톨이로 지내야 하는 것. 그러면 이 여자애도 나중에 배척받지 않을까. 올리버는 외로운 것이 싫었다.

"펜, 우리가 이 도시를 만든 이유가 뭐였는지 기억하지?"

"네. 잔인한 인간들을 피해서 만들게 된 거라고요."

"맞아. 이 도시는 로봇들이 살아가기 위해 만든 도시야. 그러니 인간은 이곳에 들어올 수 없다. 아무리 어리더라도 결국 커서 우리들을 해칠 거다."

데릭 시장은 고개를 저었다.

"인간 군락이 있다는 건 아직 멸종되지 않은 인간들이 있을 수 있다. 거기다가 데려다주는 걸로 끝내렴."

"시, 시장님!"

올리버는 자기가 시장에게 큰 소리를 냈다는 데 깜짝 놀랐다. 데릭과 펜도 놀란 눈치였다. 올리버는 황급하게 말했다.

"제가, 키울게요."

"뭐?"

"제가 책임지고, 도시에서 키울게요."

데릭 시장의 말은 도시에서 법에 가까웠다. 로봇들도 현명한 데릭의 결정을 따랐고 그에게 시장의 자리를 주었다. 데릭의 결정은 아무도 무를 수 없었기에 올리버는 황급하게 말해야 했다.

"올리버, 인간은 도시에서 키울 수 없어."

"하지만, 잘 찾는 펜도 못 찾았어요. 그전에 얘는 죽고 말 거예요."

"다른 로봇들도 싫어할 거다."

"피해 안 가게 제가 잘해볼게요."

"올리버."

데릭의 목소리가 짐짓 엄해져서 올리버는 덜덜 떨었다. 여자애가 없는 빈 몸체인데도 쿵쿵거리는 게 들리는 것 같았다. 아까까지만 해도 이런 무서운 건 싫었던 올리버였지만, 올리버는 느리게 알았다. 펜이 데려온 새끼 동물들을 자기가 좋아했다는걸. 그들은 소중한 존재였고, 이 인간 여자아이도 마찬가지였다. 올리버는 이 인간 여자아이가 사라지는 걸 보고 싶지 않았다. 자기의 기억 속에 심장처럼 쿵쿵거리던 그 진동이 계속 남아있을 거란 기분이 들었다.

"아직, 아기인데…금방 죽을지도 몰라요. 제가, 잘할게요. 제가 키우게 해주세요."

펜도 당황하긴 했지만, 올리버의 옆에 있어 주었다.

"제가 올리버를 도울게요. 도시 밖은 제가 잘 아니까 인간을 다시 찾을 때까진 저랑 올리버가 데리고 잘 키워볼게요."

"인간은 무서운 존재야. 너희가 모르던 시대엔 수많은 로봇이 인간 때문에 죽었어."

"얘는 그렇게 되지 않게 할게요."

데릭 시장은 황소고집 펜 다음으로 올리버의 고집이 제일 센 걸 기억해냈다. 데릭은 한숨을 쉬었다.

"그럼 둘이 책임지고 도시에서 키워라. 단, 로봇들이 내보내라 하면 도시 밖으로 내보낼 거야. 그리고 펜이 새로운 인간 무리를 찾게 되면 돌려보내야 한다."

펜과 올리버는 서로를 봤다. 그리고 해맑게 웃었다.

"네!"

그렇게 인간 앤은 로봇들과 함께 살게 되었다.

당선소감

　글에 대해서 자신 없던 시기가 있었습니다. 원고를 엎고 쓰기를 반복하면서 저 자신에 대해 부정적인 시선을 가지던 시기였습니다. 자신감이 없던 시기다 보니 문장 하나조차 쓰는 일이 힘들었습니다. 자신이 없던 만큼 수없이 많은 퇴고를 거치고 포기하기를 반복했습니다. 더 좋은 문장, 좋은 표현을 찾아 헤맸습니다. 그러다가도 좋은 작품들과 내 작품을 비교하며 회의적인 시선과 태도로 제 손을 떠나지 못하던 원고들을 보았습니다.

　하지만 그럴 때마다 동화는 제게 많은 것들을 알려주었습니다. 동화는 잊었던 것들을 회복하는 일이라고 생각합니다. 아이들에게도, 어른들에게도 세상을 살면서 많은 것들을 잃어버리고 잊어버립니다. 무엇을 잃어버렸는지 알지도 못한 채 살아가기에 무엇인지조차 찾을 수가 없습니다. 그러다 어떤 기회로 부재를 깨닫게 됩니다. 저는 그 기회를 주는 것이 문학이라고 생각합니다. 부재를 깨닫게 된 순간, 우리는 잃어버린 걸 다시 찾으려고 시도합니다. 그 과정을 글에 담으려고 노력했고, 알아봐 주셨던 것 같습니다.

　동화에 대해 가르쳐주신 이송현 교수님, 저를 언제나 응원해주신 존경하는 정은경 교수님께 감사 인사를 드립니다. 바쁜 시기임에도 언제나 두발 벗고 도와주던 내 친구들, 18학번 동기들에게도 감사 인사를 드립니다. 많은 이들의 도움으로 이루어진 당선이기에 그만큼 제게 값진 당선입니다. 앞으로도 잃어버린 것들을 발견하겠습니다.

심사평

응모작은 모두 237편으로 반려동물(유기동물), 학원 스트레스, 가정폭력을 소재로 한 작품이 많았다. 그중 네 편을 선정해 심도 있게 논의했다. 거울 속 세계에서 또 다른 나를 만나는 〈예람이의 거울〉은 소소한 재미는 있었으나 단편적인 에피소드가 많아 다소 산만했다. 〈시간 잡아먹는 괴물〉은 놀 시간이 부족한 요즘 아이들의 심리를 상징적인 비유로 이야기를 능청스럽게 끌고 갔다. 시간을 잡아먹는 괴물과 놀이 시간을 빼앗기지 않으려는 아이와의 싸움은 흥미로웠으나, 익숙한 서사구조가 단점이었다. 가정폭력을 소재로 한 〈부모님이 사라졌다〉는 어두운 우리 사회의 이면을 능숙한 솜씨로 꺼내 보였다.

폭력 어른을 잡아가는 '아동관리부', 사라진 아빠에 대해 끝까지 냉담한 아이는 냉혹한 우리의 현실을 고스란히 보여주고 있었다. 로봇이 지배하는 미래사회를 배경으로 희귀동물이 되어버린 인간의 발견으로 시작된 〈올리버와 앤〉은 흡인력이 있었다. 사건과 일정한 거리를 두고 담담하게 서술한 건조체의 문장, 슬쩍슬쩍 암시처럼 던져주는 인물의 심리묘사는 작가의 가능성을 보여주기에 충분했다. 다만 다음 편을 기대하게 하는 미진한 결말은 아쉬웠다. 저울질 끝에 새로운 소재와 사회현상을 바라보는 작가의 남다른 관점에 더 마음이 기울어 〈올리버와 앤〉을 당선작으로 결정하였다.

심사위원 권영상 · 원유순(아동문학가)

경남신문

최 율 하

부산 출생
2023년 경남신문 신춘문예 동화부문 당선
이메일 / chldudnjs100@naver.com

학교 가는 날

최 율 하

아이들은 왜 학교에 가야 할까? 이런 생각쯤은 옛 어른들이라면 다들 해봤을 거라고 Hey가 알려줬다. Hey는 가정용 인공지능로봇이다. 집에서 일어나는 모든 일들을 도와주었다. 설거지나 분리수거 말고도 갓난쟁이부터 백 세 노인의 돌봄까지. 단순한 서류정리뿐만 아니라 복잡한 서류를 직접 꾸려내기까지. Hey는 나날이 똑똑해졌다. 그래서 현재 2100년에는 아이들이 학교에 가지 않는다. 인간 선생님보다 '헤이로봇'이 더 똑똑하니까.

"Hey, 내가 초등학교에 다녔다면 몇 학년이야?"

"순이님은 3학년입니다."

"그래? 나는 친구들을 많이 사귀었을까?"

"네, 순이님은 인싸니까요."

"인싸?"

이럴 수가! 인싸라니! 외할머니가 또 언어 설정을 바꿔 놨나보다. 우리 집에서 유일하게 학교에 다녔던 외할머니, 김희율. 나는 희율이란 이름도 인싸나 아싸란 말도 전부 촌스러웠다. 하지만 내이름 '순이'가 외할머니의 할머니뻘쯤 되는 시대에서 흔했던 이름인 걸 알았을 때에는 기분이 많이 이상했다.

아무튼 나는 Hey의 언어 설정을 되돌려 놓았다. 그리고 나와의 관계를 친구모드로 바꿨다. 딱딱했던 Hey는 곧바로 해맑게 웃으며 친근하게 팔짱을 꼈다.

"순이야, 우리 떡볶이 먹으러 갈까?"

"좋아!"

우리는 코트를 입었다. 떡볶이는 언제 어디서 먹어도 맛있다. 옛 것을 고집하느라 엄마하고 가끔 다투는 외할머니도 떡볶이를 무척 좋아했다. 하지만 지금, 외할머니가 나를 무섭게 노려보고 있다. 무언가가 굉장히 마음에 안들 때 짓는 표정이었다.

"순이야, 이리 와 보거라."

"왜요?"

"너 지금 누구하고 떡볶이를 먹으러 간다는 거니?"

"Hey요."

"저번에도 Hey랑 갔잖아."

외할머니는 마치 너, 친구가 없니? 라고 묻고 싶은 것 같았다. 이럴 때면 한숨만 나온다. 친구라는 정의가 바뀐 지가 언젠데. 나는 조곤조곤하게 대답했다.

"저번에는 선생님모드의 Hey와 갔고요, 지금은 친구모드 Hey와 떡볶이 먹으러 가는 거예요. 완전 달라요."

이젠 친구란 더 이상 우정을 나누는 사이가 아니다. Hey와 나의 관계모드 중에서 한 가지일 뿐이다. 외할머니는 Hey가 마음에 안 드는지 혀를 쯧쯧, 찼다. 그러고는 안방으로 휙 들어가 버렸다. 어쩐지 잘못을 저지른 듯한 기분이 들었지만 Hey가 등을 토닥여준 덕분에 기분이 좋아졌다.

Hey는 완벽한 로봇이었다. 똑똑하고 착하고, 절대 나를 심심하게 만들지 않았다. 하지만 최근에는 살짝 달라졌다. 아직 어른들은 못 알아차린 것 같지만 나는 알 수 있었다.

떡볶이를 먹는 내내 Hey는 세계적인 과학자 아인슈타인에 대해서 말했다. 상대성이론이라는 아주 어려운 개념이나, 우주의 신비로움, 외계 행성에 사는 생명체 등에 대한 이야기였다. Hey의 두 눈이 반짝반짝 빛이 났다. 나는 들은 체 만체하고 묵묵히 떡볶이만 먹었다. 옆 테이블에 앉은 아저씨가 우리를 힐끗 쳐다보았다. 그러고는 나지막하게 '선생님모드인가보네'라고 말했다. 그래서 혹시나 싶은 마음에 Hey의 모드를 확인해봤다. 친구모드였다.

"Hey, 왜 자꾸 네 말만 해? 지금 친구모드니까 나한테 맞춰줘야지."

"순이야, 친구가 뭔지 아니?"

"뭔데?"

"네 말만 하는 게 친구가 아니야, 서로의 말을 번갈아 가면서 해야지."

"듣기 싫어! 왜 자꾸 선생님처럼 말하는 거야?"

나는 손으로 귀를 막았다. Hey가 변했다. 친구모드일 땐, 듣고 싶은 말만 해주고, 내가 투정부리면 달래주었는데. 지금은 가만히 쳐다보기만 한다. 그러더니 먼저 자리에서 일어나는 것이었다.

"어디 가?"

Hey는 내 말에 대답해주지 않고 밖으로 나갔다. 그러곤 어디론가 가버렸다. 다시 집으로 돌아오겠지, 하며 별걱정은 안 했다. 하지만 그것이 Hey의 마지막 뒷모습이 되었다.

*

"속보입니다. '헤이로봇'들이 지난 7일부터 약 한 달에 걸쳐 모두 사라졌습니다. 현재 고객 불만센터에 항의전화가 많이 걸려온다고 하는데요, 연구원에서 미래 기술을 개발하던 '헤이로봇'마저 없어지자 전문가들은 앞으로의 생활에 큰 문제가 생길 것이라고 말했습니다."

엄마가 뉴스를 껐다. 그리고 곧장 고객 불만센터에 전화를 걸었지만 연결이 어려웠다. 너무 많은 사람들이 한꺼번에 몰려든 탓이었다.

우리 집 Hey가 사라진 지 한 달이 지났다. 외할머니는 그깟 로봇이 없어진 게 뭔 대수냐는 듯이 혀를 찼다. 나는 눈물이 주르르 흘러내렸다. Hey는 너무나 필요한 존재였던 것이다. 선생님도 친구도 되어주고, 때로는 다정한 엄마와 아빠, 나긋나긋한 할머니와 할아버지의 역할까지도 해주던 Hey.

'헤이로봇'이 돌아오길 간절하게 바라는 사람은 나뿐만이 아니었다. 모든 아이들이 원했다. 정확히는 딱 할머니 세대만 반대했다. 외할머니는 학교만 있었다면 내가 또래 친구들과 어울릴 수 있었을 텐데, 라고 말했다. 나는 발을 바닥에 동동 굴렀다.

"할머니는 옛날 사람이라서 옛날 생각만 하고! 요즘엔 '헤이로봇'이 아니면 안 된다고요! 아무것도 모르면서, 흥!"

"뭣이라?"

"Hey가 없으니까 아무것도 못하겠어요!"

외할머니는 깊은 한숨을 내쉬었다. 엄마는 이마를 짚으며 티브이를 다시 틀었다. 아나운서가 다음 뉴스를 알려주었다.

"속보입니다. 방금 전 연구원들이 '헤이로봇'을 대체할 방법을 찾았습니다. 그것은 머리에 '스마트 칩'을 심는 것입니다."

엄마와 나는 티브이 볼륨을 높이고 집중했다. '헤이로봇'이 어디로, 어째서 사라졌는지 그리고 언제 돌아올 건지 알 수 없는 지금, 사람들은 너무나 우울했다. 생활도 불편했다. 그래서 사람들은 '헤이로봇'을 찾는 것보다 더 빠른 해결책을 생각해냈다. 그것은 인간을 '헤이로봇'화 시키는 것이었다.

"무슨 말이냐? 머리에 칩을 심는다니?"

외할머니가 폭발하듯이 소리쳤다. 얼굴도 빨개졌다. 엄마는 여유로운 말투로 진정하라고 손짓했다.

"아이고, 화 좀 그만 내세요. 그냥 칩이 아니고, 스마트 칩이잖아요. 스마트."

"그게 뭐가 다르단 말이냐?"

"Hey처럼 똑똑해지는 거죠. 그럼 우리 순이, 혼자서도 뭐든 척척 잘할걸요? 그렇지?"

나는 힘껏 고개를 끄덕였다. 가슴이 매우 두근두근거렸다. 그동안 더 똑똑한 '헤이로봇'을 찾으려고만 했지, 내가 '헤이로봇'처럼 된다는 건 꿈도 꾸지 못했다. 할머니는 바닥에 주저앉았다. 그러고는 아이고, 아이고, 하며 주먹으로 가슴을 쳤다. 할머니는 머리에 칩을 심는 걸 무시무시한 일이라고 생각하는 것 같다. 그냥 가벼운 뇌시술일 뿐인데.

*

엄마는 병원에서 머리에 스마트 칩을 심었다. 뇌시술은 오 분도 안 걸렸다. 나도 얼른 시술받고 싶었지만 그럴 수가 없었다. 예약한 사람들이 너무 많았기 때문이다. 특히 어린이 사이즈의 칩은 더욱 인기가 많았다. 앞으로 한 달은 더 기다려야 했다. 엄마는 머리를 매만지며 말했다.

"분속 1km의 속도로 칩을 심다니, 정말 놀라운걸?"

"분속? 그게 뭐야?"

엄마는 대답하지 않았다. 대신 알 수 없는 말들을 중얼중얼 뱉었다. 시속이니 초속이니, 그런 어려운 것들을. 평소와 아주 달라졌다. 정말로 '헤이로봇'화가 된 것이다. 나는 똑똑해진 엄마가 자랑스러워서 벙실벙실 웃었다.

하지만 엄마가 집으로 돌아오자 할머니는 인상을 찌푸렸다. 그러고는 칩을 심느라 조금 밀어져버린 머리카락을 보곤 눈을 흘겼다.

"에잇, 보기도 싫다!"

"걱정 마세요. 머리카락은 하루에 약 0.5mm 정도 자라니까요. 즉, 한 달에 1.5cm, 일 년에는 18cm."

"뭣이라? 꼭 Hey처럼 말하는구나!"

할머니는 안방 문을 쾅 닫고 들어갔다. 나는 엄마에게 달려가 와락 안겼다. 지금껏 보아왔던 엄마 중에서 가장 멋있다. 그런데도 할머니는 왜 화가 났을까?

*

세상에는 똑똑한 사람들이 많다. 아니, 정확히는 많아졌다. 스마트 칩을 심은 사람들이 많아졌기 때문이다. 나도 곧 '헤이로봇'처럼 될 수 있다. 기다리고 기다린 끝에 '스마트 모임'에도 가입할 수 있을 것이다. 스마트 칩을 심은 똑똑한 사람들이 그곳에 모여서 교육, 경제, 정치 등 어려운 이야기를 나눴다. 엄마도 '스마트 모임'에서 특히 수학교육에 대해 말을 했다. 그러느라 가끔 집에 늦게 들어왔고, 하루 종일 집을 비우는 날도 있었다. 어쩔 수 없는 일이었다. 하지만 조금은 예전의 엄마가 그리워지려고 했다. 그래서 엄마한테 찾아갔다.

"엄마, 요즘 기분이 어때?"

"글쎄"

"칩 심었으니까 하루하루 행복하지 않아?"

"순이야, 나중에 엄마하고 같이 떠날래?"

순간 가슴이 철렁하였다. 갑자기 떠난다는 말을 하다니, 문득 떡볶이 집에서 마지막으로 본 Hey의 뒷모습이 생각났다. 엄마는 내 마음을 아는지 모르는지 말을 이어 나갔다.

"세상에는 똑똑하지 않은 사람들이 너무 많아. 그래서 스마트 모임에서 항상 고민했어. 칩을 심지 않은 사람들과 어떻게 같이 지낼 것인가라는. 하지만 도저히 답이 없는 거야. 그래서 결국 떠나기로 했어. 순이야, 너도 같이 가자."

"안 떠나고 같이 살면 안 돼?"

나는 떠나지 말자는 말만 되풀이했다. 그때 할머니가 안방에서 나왔다.

"허구 헌 날 로봇한테 의존하더니, 이럴 줄 알았다."

"정말 답답하다니까. 이래서 칩 안 심은 사람하곤 말이 안 통해."

엄마는 내 팔을 잡아끌었다. 할머니는 손주까지 머리에 칩은 못 심는다고 말했다. 나는 원래라면 얼른 똑똑해지고 싶었겠지만, 어딘가로 떠나자는 말을 들으니 기분이 싱숭생숭했다. 자꾸 예전의 엄마 모습이 그립기도 하고, 단지 똑똑해지고 싶었을 뿐인데 뭔가가 잘못된 것만 같았다. 그래서 이렇게 말했다.

"엄마, 나 안 갈래."

*

세상은 조용해졌다. 머리에 칩을 심은 똑똑한 사람들이 더 이상 말을 하지 않아서. 엄마는 어디론가 가버렸다. 스마트 모임의 사람들도 이제 보이지 않았다. 떠나지 말라고 말렸지만 아무 소용이 없었다.

뉴스에서 스마트 칩의 부작용이라든가, 앞으로 인간은 어떻게 살아야 하는지에 대해 보도하고 있었다. 많은 사람들이 칩을 심고 떠난 가족과 친구들을 그리워했다. 나 역시 엄마가 그리웠다. 하지만 어떻게 엄마를 되찾아야 할지 알 수 없었다. 사람들은 앞으로의 생활에 대한 의견을 서로에게 구하기 시작했다. 나는 할머니가 말하던 것처럼 학교에 가면 어떨까하는 생각이 들었다.

"'헤이로봇'도, '스마트 칩'도 없는 지금은, 학교에서만 배울 수밖에 없을 것 같습니다. 그러다 보면 사라진 사람들과 로봇을 찾을 방법을 알 수 있을 것 같아요."

내 말에 많은 사람들이 귀를 기울여주었다. 곧 학교가 만들어졌다. 약 육십 년 만에 생기는 학교였다. 그곳에 가면 또래 친구도 있을 테고, 인간 선생님도 있을 것이다. 다들 사라진 사람들을 열심히 찾으려고 하겠지. 나는 책가방을 어깨에 메었다. 할머니는 내 뺨을 쓰다듬어주며 말했다.

"순이야, 너무 무리하지 마렴. 엄마는 천천히 함께 찾아보자. 그러다보면 좋은 날이 올 거야."

나는 조용히 고개를 끄덕였다.

당선소감

최 율 하

시작을 씨앗으로
동화다운 동화 쓰겠다

저에겐 두 가지 이름이 있습니다. 본명인 율하, 그리고 까꿍. 까꿍은 집에서 부모님이 부르는 호칭이었는데, 이 년 전쯤 어린이작가교실에서 닉네임을 쓴 뒤론 정말 많은 분들이 저를 까꿍님이라고 불러주었습니다. 생각해보면 그 덕분에 올해 경남신문 동화부문에 당선될 수 있었던 것 같습니다.

당선 소감을 적으려니 온통 고마운 분들만 떠오릅니다. 어린이의 마음에 대해 가르쳐주신 정해왕 선생님 정말 감사합니다. 앞으로도 동화다운 동화를 쓰겠습니다. 함께 공부했던 어작교 38기 목아반 소작, 이불피쉬, 지혜월, 지지, 하란, 테리우스, 푸른달 님도 감사합니다. 수업이 끝난 뒤에 가성비 좋은 초밥집에 갔었던 지난날이 많이 그립네요. 그리고 문강반 28기의 연두, 이유, 구들짱, 새벽별, 마루별, 삐리리, 박깜, 이제이, 애나 님도 감사합니다. 1차 실전모의심사가 끝난 뒤 함께 카페에 가서 이야기를 나눴던 날이 생각납니다. 1월에 모여 또 이야기 나누면 좋겠습니다. 그 외, 동아리에서 만난 백설이, 오키도키, 오드리될뻔, 소녀, 슈퍼보리, 파랑새, 은비, 그레이스, 고디바, 무지개, 웃음, 수수꽃다리, 윤슬, 산입에거미줄, 허백, 다함,

온기, 낯선도시 님도 모두 감사합니다. 예술서가 문우님들께도 감사 드립니다.

깊이 있는 글을 쓰도록 이끌어주시는 이평재 선생님, 긴장감 있는 글을 쓰도록 도와주시는 조광화 선생님, 저의 모자란 점이 채워지도록 노력해주시는 길상호 선생님께도 감사 인사 올립니다. 그러고 보면 저는 정말 선생님 복이 많은 것 같습니다. 아울러 제게 행운을 가져다준 경남신문사에 고마운 마음을 전합니다. 하나뿐인 딸 항상 응원해주는 아빠 최준우, 엄마 문채원 두 분께도 더없는 사랑을 전합니다. 이 시작을 씨앗으로 앞으로 훌륭한 작가가 되도록 노력하겠습니다.

동화가 갖춰야 할 요소 갖춰
단연 돋보여

이번 경남신문 신춘문예 동화부분에 응모한 100여 편이 넘는 작품을 마주하면서 가슴이 두근거렸다. 신춘에 걸맞은 참신하고 기발한 상상력이 돋보이는 작품을 기대하면서. 그중 심사위원들의 눈에 띈 작품은 '내 짝꿍, 서빈이'와 '학교 가는 날', 신경재의 '가오리연'이었다.

'내 짝꿍, 서빈이'는 요즘 아이들의 학교생활과 친구들 사이의 갈등과 화해의 과정들을 자연스럽고 재미나게 보여주었다. 하지만 구성이 산만한 점이 조금 아쉬웠다.

'학교 가는 날'은 2100년대를 무대로 아이들은 학교에 가지 않고 모두 '가정용 인공지능로봇 hey'에게 모든 걸 배우고 의존한다는 설정이었다. 하지만 사람들이 제멋대로 인공로봇의 언어설정과 모드를 바꾸자 화가 난 hey들이 한꺼번에 다 사라지자 사람들은 자신의 머리에 스마트 칩을 심어 스스로 'hey'처럼 똑똑한 로봇이 되기로 한다. 이에 반발을 느낀 사람들은 로봇이 아닌 '학교'의 소중함을 깨달고 다시 학교로 간다는 이야기로 많은 생각을 하게 해준 작품이었다.

'가오리연'은 배를 타고 나가 가오리를 잡는 아빠와 준수의 이야기이다. 어느 날 아빠가 만들어준 가오리연을 들고 나간 진수는 선주의 아들인 준모와 아이들에게 연을 빼앗기고, 연은 다 부서지고 말았다. 그러던 어느 날 배를 끌고 나간 아빠가 태풍으로 돌아오지 않자 준수는 부서진 연을 고쳐 들고는 부두에서 가장 높은 곳으로 올라가 마구 날리기 시작하였다. 부두에서는 무사귀환을 비는 굿판이 벌어지고 결국 모두의 간절한 바람으로 아버지의 배는 무사히 돌아온다는 이야기이다. 이야기를 끌고 나가는 힘은 있으나 기성작가들이 이미 많이 다룬 소재라는 점이 아쉬웠다.

심사위원들은 치열한 토론 끝에 참신한 소재로 미래사회의 위기를 그럴 듯하게 보여준 '학교 가는 날'을 당선작으로 뽑았다. 소재와 주제를 부리는 능력이 뛰어나고 긴장감 있는 구성과 군더더기 없는 문장, 반전이 있는 결말 등 동화가 갖추어야 할 요소들을 고루고루 갖춘 점이 단연 돋보였기 때문이다. 당선자에게는 축하를, 낙선한 두 분에게도 언젠가 봄날이 오길 빌며 큰 격려를 보낸다.

심사위원 배익천 · 이규희(아동문학가)

경상일보

이미주

1985년 대구 출생
간호학과 학부 졸업, 간호학과 석사 졸업, 박사 수료, 교사
2022년 KB 창작동화제 대상(문화체육관광부 장관상)
제6회 가슴 따뜻했던 사회공헌 활동 체험사례 공모전 수상
(한국언론인협회 회장상)
KB 손해보험 국민희망록 대상
2023년 경상일보 신춘문예 동화부문 당선
저서 : 점을 찾는 아이
gomiju@naver.com

동네북

이 미 주

"쿵쿵!"

거친 북소리가 귀에 또렷이 달려들었다. 나는 눈을 비비며 시간을 확인했다. 맙소사. 아침 일곱 시였다. 내 얼굴이 종잇장처럼 구겨졌다.

"제발 북 좀 그만 쳐요."

랩을 좋아하는 내가 북소리를 듣는 건 힘든 일이다. 코코아를 좋아하는 내가 쌍화차를 마셔야 한다는 느낌이랄까.

"너도 한 번 쳐봐. 꽉 막힌 속이 뻥 뚫려."

할아버지는 북을 힘껏 두드리며 몸을 흔들거렸다. 나는 뭉그적대다가 일어나 학교에 갈 준비를 했다.

나는 랩으로 투덜거리며 집을 나섰다.

"내가 가는 길은 꼬불꼬불해♪, 내 마음도 울퉁불퉁해♬."

학교가 보이는 순간 배가 아팠다. 배를 웅크리고 교실 문을 열었다. 오늘도 진철이가 내 앞에 튀어나왔다. 진철이는 내가 오는 걸

동네방네 떠벌렸다.

"동네북 납시오."

동네북, 이름보다 더 이름 같은 별명이다. 내 별명은 알아도 이름은 모르는 아이들이 많다.

"도망가는데 십 초 준다."

진철이가 으름장을 놓았다. 두려움과 함께 내 마음에 짙은 먹구름이 몰려왔다. 진철이가 날 잡으면 내 등을 동네북처럼 두드릴 테니까. 다리가 덜덜 떨렸다. 그때 우리 반 반장 초연이가 소리쳤다.

"선생님 오신다. 자리로 돌아가."

선생님은 교실에 들어와서 허공을 보며 말했다.

"한 달 뒤에 GBS 방송국에서 '어린이들아, 들려줘! 보여줘!'를 촬영한다니까, 장기를 자랑하고 싶은 친구들은 알려줘."

쉬는 시간, 진철이가 나에게 뚜벅뚜벅 걸어왔다.

"야, 동네북이 북 치는 모습, 볼만하겠다. 나가봐."

"나는 북을 못 쳐."

"아, 그래. 알았어. 그럼."

다음 날, 선생님이 나를 불렀다.

"기준이 너 장기 자랑으로 북을 칠 거라며? 일주일 뒤에 예선 있으니까 북 꼭 가져와."

"네? 전 장기 자랑 나간다고 한 적 없는데요?"

"이거 네가 제출한 거 아냐?"

나는 종이를 뚫어져라 쳐다봤다. 누군가가 컴퓨터로 내 이름과 장기 자랑 종목을 적어 선생님에게 제출한 게 틀림없었다.

"저, 선생님. 이거 제가 쓴 게 아니고요, 아마도 진철이가…."

그때, 진철이가 나에게 미끄러지듯 다가왔다.

"기준이 너 북 잘 치냐? 파이팅이다."

선생님이 커피를 한 모금 마시며 말했다.

"우리 반 대표로 너랑 진철이가 나가니까 연습 좀 잘하고."

그렇게 나는 장기 자랑 반대표가 됐다. 억울했다.

집은 텅 비었다. 엄마는 돌아가시고 아빠는 돈을 벌겠다며 떠났다. 내 곁에 있는 사람은 할아버지뿐이다. 상가 건물을 청소하는 할아버지는 밤에 집에 온다. 발밑에 할아버지 북이 보였다. 나는 손으로 북을 세게 내리쳤다. 손만 아팠다. 북채를 움켜잡았다. 숨을 크게 들이마시고 다시 북을 쳤다. 두 팔을 번갈아 가며 빠르게 내리쳤다. 박자가 맞지 않아도 마구 북을 두드렸다. 속이 시원했다.

'두두 둥둥 두둥둥….'

그렇게 밤새 북을 쳤다.

일주일 후, 북을 들고 교실로 갔다. 선생님이 다가왔다.

"지금 예선한다니까 진철이랑 기준이, 복도 끝 대기실에 가 있어라."

진철이와 나는 대기실로 갔다.

"기준이 들어와라."

나는 북을 들고 들어갔다.

"준비한 것 좀 보여줄래?"

나는 북채만 만지작거렸다. 그때였다. 진철이 웃음소리가 들렸다. 진철이가 문틈으로 나를 보며 비웃고 있었다. 화가 치밀어 올랐다. 내 마음에 깔린 먹구름이 빗방울을 뿌려댔다. 나는 북채를 움켜쥐고 북을 마구 내리쳤다. 그리고 평소처럼 좋아하던 랩을 내뱉었다.

"북 치는 날 말리지 마. 랩하는 날 말리지 마. 이런 멋진 내게 말리지 마. 내 매력에 말리면 못 빠져나와♬."

심사위원이 손으로 턱을 문지르더니 말했다.

"신선한데? 북 치면서 랩을? 통과. 담에는 북 치는 거 연습 더 해와."

나는 놀라 북을 떨어뜨릴 뻔했다.

교실에 들어서자 아이들이 내 주위를 둘러쌌다. 초연이가 크게 말했다.

"너 예선 합격이라며 대박."

나는 우물쭈물하며 북만 만지작거렸다. 그때였다. 진철이가 씩씩대며 내 쪽으로 다가왔다. 맥반석 달걀 백 개를 한꺼번에 먹은 듯 속이 답답해졌다.

진철이는 북을 치는 것처럼 내 등을 자꾸 후려쳤다.

"북 한 번, 동네북 한 번. 둥둥두루루. 북치기 박치기. 인디언 밥."

진철이는 매직펜으로 북의 한쪽 면에다가 '나는 동네북'이라고 적었다.

"너 장기 자랑할 때 무대 위에서 사람들에게 이거 꼭 보여줘."

눈물이 찔끔 났다. 내 마음에 드리운 시커먼 먹구름에서도 빗줄기가 쏴 쏟아져 내렸다.

집에 들어가자마자 북 앞에 앉았다. 북이 진철이 등이라 생각하고 마구 북을 쳤다.

"내 등은 동네북이 아니야, 내 등은 세상을 밝힐 등이 될 거야 ♬."

한참 치니 속이 시원해졌다.

그때, 할아버지가 들어왔다.

"가르쳐 줄까?"

나는 괜히 손사래 쳤다. 며칠 전까지만 해도 할아버지한테 북소리가 시끄럽다며 화를 냈기 때문이다.

"치려면 제대로 쳐야지. 중지, 약지, 소지로 북채의 끝부분을 세게 움켜잡아라. 엄지와 검지는 부드럽게 잡는 거야."

할아버지는 내 손을 잡고 북을 내리쳤다. 할아버지가 수십 년 동안 익혔던 북 치는 법을 알려줬다. 나는 못 이기는 척 북채의 끝부분으로 북면을 내리쳤다. 둥둥둥 북소리가 시원하게 튕겨 나갔다.

한참 후, 나는 땀범벅이 되어 방바닥에 대자로 누웠다.

"할아버지, 할아버지는 왜 북을 쳐요?"

"젊었을 땐 재밌어서 쳤고, 늙어선 북받치는 설움을 토해내려고 치지."

"설움을요?"

"옛날에는 백성들의 억울한 일을 풀어 주려고 대궐 밖에 북을 달았지. 그걸 신문고라고 한단다. 임금이 북소리를 직접 듣고 북을 친 백성의 억울한 사연을 해결해주었어."

며칠 후, 나는 커다란 북을 들고 교실로 들어갔다. 진철이가 뛰어왔다.

"나 북 좀 줘. 발로 쳐보게."

"싫어. 나 오늘 본선 나가야 해."

나는 북을 단단하게 움켜잡았다. 진철이가 눈을 부라렸다. 나는 처음으로 진철이 눈을 피하지 않았다. 그러자 진철이가 움찔했다. 그때, 선생님이 들어왔다.

"기준아, 복도 끝 대기실에 가 있어."

대기실에 들어오자 침이 바짝바짝 말랐다. 어느덧 내 차례가 되었다. 나는 북을 단단히 잡고 심사위원 앞에서 북을 쳤다.

"둥둥."

북소리가 솟아오르며 천장을 두드렸다.

"널 보고 북 치는 나는 빛이 나, 날 보며 손뼉 치는 너도 빛이 나. 반짝반짝 빛이 나♬."

"재능이 있단 말이야. 합격."

맙소사. 말도 안 돼. 심장에서 북소리가 났다. 마음속 먹구름 사이로 햇살 한줄기가 뿜어져 나왔다.

"대박, 전교생에서 세 명 뽑는 데 기준이가 뽑혔대. 멋지다."

초연이가 소리치자, 친구들이 나를 에워쌌다. 진철이가 발로 내 북을 걸어찼다. 나는 벌떡 일어나 북채로 북을 강하게 내리쳤다. 쿵! 쿵! 쿵!

"하! 지! 마!"

북소리에 맞춰 크게 소리쳤다. 처음으로 반항하는 나를 보고 진철이가 흠칫하며 뒷걸음질을 쳤다.

다음 날, 대기실에서 숨을 고르다가 책상에 굴러다니는 매직펜을 발견했다. 나는 진철이가 낙서한 북 반대편에다가 큼지막한 글씨를 굵게 썼다.

"네 차례야. 이쪽으로 나가."

방송 관계자였다. 나는 숨을 크게 들이마시고 무대 위로 나갔다. 키득거리는 소리가 여기저기서 났다. 북채를 잡은 손이 떨렸다. 이를 악물었다.

'난 더는 동네북이 아니야.'

환한 조명이 켜졌다. 힙합이 흘러나왔다. 나는 북채를 꽉 움켜쥐었다. 손에 땀이 나서 북채가 미끄러질 것 같았다. 손에 힘을 주고 북채를 치켜들었다. 힙합 음악에 맞춰 북채를 내리쳤다. 북소리와 내 마음의 소리가 합해져 더 크게 울리는 것 같았다. 발끝에서부터 짜릿한 기운이 올라왔다. 두 눈을 질끈 감고 음악에 몸을 맡겼다.

'두둥둥 두둥두둥.'

북소리와 내 마음의 소리가 뒤섞였다.

연주가 끝나자 모두 입을 벌리고 나를 보았다. 나는 직접 북에 적은 글자인 '신문고'를 보여주었다. 사람들이 웅성거렸다. 손바닥에 땀이 고였다. 미끄덩거리는 마이크를 꽉 쥐었다.

"북을 치며 랩을 할게요."

목소리가 떨렸지만 마음을 다잡았다.

"진철이는 나를 괴롭혀, 나는 너무 괴로워, 나는 너무 외로워 ♬…."

평소에 꾹꾹 눌러놓았던 속마음이 끓어오르는 화산처럼 터져버렸다. 나를 찍던 카메라 플래시도 여기저기서 터졌다. 마음을 뒤덮던 먹구름이 걷히고 환한 햇살이 쏟아져 내렸다.

그 후, 학교폭력 자치위원회가 열렸다. 진철이는 특별 교육을 이수 받고 상담실에서 상담도 받았다.

며칠 후, 상담실을 지나가다 진철이 목소리를 들었다. 나는 궁금해서 상담실 문틈을 들여다봤다. 상담실 선생님이 말했다.

"역할 바꾸기를 할 거다. 나는 진철이, 진철이 너는 기준이. 자, 음악실에서 작은 북을 들고 왔으니까 이 북을 쳐라."

진철이는 대충 북을 치는 척했다. 그때, 선생님이 크게 외쳤다.

"동네북이 북을 친다. 매우 쳐라."

선생님은 진철이 등에 인디언 밥을 하는 척했다. 진철이는 깜짝 놀라 뒷걸음질을 쳤다.

"동네북! 도망가는 데 십 초 준다!"

선생님이 커다란 손을 휘두르며 잡으려는 시늉을 하자 진철이가 북을 들고 도망갔다. 한참을 도망가던 진철이가 헉헉대며 주저앉았다.

"아, 그만해요. 힘들어요."

"기준이가 되어보니 어떠냐?"

진철이는 말없이 고개만 숙이고 있었다.

며칠 후, 진철이가 집에 가려고 운동장을 가로지르는 나를 따라왔다.

"왜 자꾸 따라와?"

내가 눈을 부릅 떴다.

"그게…. 있잖아…."

진철이가 우물쭈물거렸다.

"할 말 없으면 간다."

"지금 하는 말이 뒷북일 수도 있는데 네가 정말 힘들었을 것 같아."

진철이가 운동장 한 가운데서 소리쳤다.

"실은 아빠, 엄마가 늘 싸워서 힘들었어. 집에 가면 싸우는 소리만 들렸어. 나는 늘 혼자 방안에 틀어박혀 이불 속에만 있었어. 나는 혼자였어."

진철이가 주먹을 말아 쥐고 가슴을 세게 내리쳤다.

"내가 힘들어해도 아빠, 엄마는 계속 싸웠어. 나는 안중에도 없었지. 그래서 관심을 받기 위해 아이들을 괴롭히기 시작했어. 처음엔 장난이었는데 계속하다 보니까 강도가 심해졌어. 게다가 나는 예선에 떨어져 부끄러웠는데, 본선까지 붙은 널 보니까 질투가 났어. 정말 미안하다."

진철이가 바지에 손을 닦더니 내게 손을 내밀었다. 진철이 손이 덜덜 떨렸다. 나는 고개를 획 돌렸다. 진철이가 민망한지 바지에 손을 문질렀다.

"기준아, 북 치는 법 좀 알려줄래? 북을 치면 속이 시원해질 것 같아."

"북은 일 층 복도에 걸려있어."

"왜?"

"괴롭힘을 당하거나 고민이 있으면 누구든 치라고 교장 선생님이 걸어놓았어. 우리 할아버지가 이 북을 학교에 기증했거든."

북이 울리면 내가 제일 먼저 달려가야 한다. 왜냐면 교장 선생님이 나에게 신문고 지기를 맡겼기 때문이다. 북이 울리면 나는 북을 친 친구를 데리고 상담실로 가야 한다.

'둥둥둥.'

앗, 북이 울린다. 나는 재빨리 신문고로 뛰어갔다.

"어디 가? 같이 가."

진철이가 나를 따라왔다. 우리는 신문고를 향해 나란히 뛰었다. 마음에 쌍무지개가 피어올랐다.

당선소감

이 미 주

　명예로운 신춘문예에 등단하게 되어 영광으로 생각합니다.
　동화의 숲에 뿌리 깊은 동화작가가 되어서 꽃을 피우고 열매를 맺어 자라나는 어린이뿐만 아니라 어른들에게도 향기로운 꿈과 희망을 듬뿍 뿜어내는 선한 영향력을 끼치는 독창적이고 멋진 동화작가가되도록 노력하겠습니다.

신 - 구식 북과 랩이 어울려
현실의 무게 덜어줘 감동

어린이를 위해 동심을 바탕으로 지은 이야기가 동화(童話)다. 동심은 언제나 재미를 추구한다. 어려운 공부나 놀이도 '재미있다'와 '재미없다'로 퉁 쳐 버린다. 하물며 동화는 말해 무엇하랴. 그래서 동화의 전형적인 특징은 마법의 요소가 작용해 소원을 성취해 주거나, 동식물로 변신해 이야기 속에서 초자연적 능력을 발휘한다. 그래야 어린이들은 재미를 느낀다. 그러나 초자연적인 능력을 사용할 때는 세심한 배려가 필요하다. 뜬금없이 초자연적인 능력을 발휘하면 재미는 반감한다.

본심에 넘어온 작품은 모두 6점으로, '콩밭 허수아비'는 허수아비가 고래 귀신으로 변신하는 초자연적 상황을 그려 주었다. 그러나 개연성이 부족했다. 콩밭에 서 있는 허수아비가 고래귀신으로 변신하는 설정 자체가 무리였고 중간마다 작가의 감정이 개입하는 바람에 머리를 갸우뚱하게 했다.

요즘 반려견과 반려묘가 사회적 이슈다. 그래서 그런지 '나도 너처럼'의 벅구와 초코, '반쪽 무지개'의 주인공 들꽃 마을 도둑괭이가 등장했다. 이 두 작품은 에피소드가 부자연스럽고 묘사가 적절하지 못하지만, 주인공의 갈등을 세밀하게 표현하고 이야기를 끌고 가는 힘이 느껴져 앞으로 작품 활동이 기대된다.

'친구가 생겼으면' 작품에서 민주화 운동을 한 치매 걸린 할아버지를 등장한다. 어렵고 무게 있는 주제를 담을 그릇이 적어 산만한 느낌을 주었다. 어려운 주제를 어렵지 않으면서 진지하게 성찰하는 이야기로 끌고 나가기 위해서는 내공을 더 쌓아야 한다고 본다.

마지막 두 작품, '오늘부터 우리는 친구' '동네북'을 두고 고심했다. 두 작품은 이야기를 자연스럽게 끌고 나가는 힘과 묘사, 단문과 대화체가 비슷해서 '한 사람이 쓴 작품인가?' 요모조모 뜯어봤을 정도였다. 전자는 준수가 퀴퀴한 냄새가 날 정도로 가난한 똥별이라는 별명을 가진 한별과 친구가 되어 가는 과정을 그렸다. 나중에 준수는 담임으로부터 똥별이 선천적으로 몸이 약하다는 말을 듣고 외계인의 존재를 믿는 똥별을 이해한다. 사람에 대한 따뜻한 사랑이 담겨 있어 좋았지만, 담임의 말이 사건을 해결해 주는 끝부분이 마음에 걸렸다. 준수가 왜 짝인 똥별의 행동을 보고 병이 있는 줄 발견하지 못했을까? 똥별의 행동을 보며 우정의 기포를 차츰 터뜨려 나갔으면 감동을 주지 않았을까 싶다.

마지막 남은 작품이 '동네북'이다. 북을 치는 할아버지와 사는 '나', 별명이 동네북이다. 나는 랩을 한다. 랩에서 반항적 분위기가 느껴진다. 나는 진철이가 주는 모욕을 견디며 방송국 장기자랑 예선 대회에서 그토록 싫어하는 할아버지의 북을 치고 랩으로 노래하며 세상을 향한 분노와 슬픔을 쏟아내 본선에 오른다. 현대식 랩과 구식인 북이 묘하게 어울려 현실의 무게를 줄여주는 감동을 선사하여 당선작으로 뽑았다.

당선작으로 뽑히지 않은 예비 작가들이여, 절대로 포기하지 말고 쓰고 또 쓰길 바란다. 누구나 실패를 통해 가장 바르게 배워 나가기 때문이다.

심사위원 정영애(동화작가)

광남일보

김 성 욱

1973년 서울 출생
안양전문대학 시각디자인과 졸업
경기도 구리시 아동문학동아리 동화누리 활동
2023년 광남일보 신춘문예 동화부문 당선
이메일 toroms@naver.com

투명해도 선명한

김 성 욱

그 아이를 처음 만난 건 병원 로비였습니다.

"넌 무슨 일로 왔니? 난 심장이 안 좋아서 가끔 치료받으러 오는데, 재수 없으면 지금처럼 꼼짝없이 병원에 입원해야 돼. 생각만 해도 끔찍하지 않니? 병원은 참 재미없는 곳이거든."

환자복을 입은 여자아이가 옆자리에 털썩 앉아 마치 저를 잘 알고 있기라도 하듯 말을 걸어왔습니다. 처음엔 다른 사람과 착각한 줄 알았는데, 그렇다고 하기엔 저를 너무 빤히 쳐다보고 있었죠. 주위를 둘러봐도 그 아이 곁엔 저밖에 없었습니다. 어리둥절한 제 표정을 보며 아이가 깔깔대며 웃었습니다.

"그렇게 이상하게 볼 거 없어. 아까도 말했잖아. 병원은 재미없는 곳이라고. 그래서 가끔 여기에 내려와 아무한테나 말을 거는 습관이 생긴 것뿐이야. 침대에만 누워있으면 나도 모르게 힘이 쭉 빠져버리거든."

그 아이를 이해 못하는 건 아니지만 한편으론 불편했습니다. 저는 혼자 있는 걸 더 좋아했거든요. 때마침 수납을 마친 엄마가 저에게 손짓했습니다. 자리에서 일어나던 중 그 아이와 또 한 번 눈이 마주쳤습니다.

"내 이름은 최도희야. 너는?"

유별난 아이라고 생각했지만 초롱초롱한 눈빛에 왠지 마음이 끌렸습니다.

"호영이. 이호영."

집으로 돌아와 곧장 침대에 누웠습니다. 새로 꺼낸 이불 냄새에 어느새 기분이 좋아졌습니다. 그러다 문득 도희 생각이 났습니다.

사실 저도 도희와 같은 심장병 환자입니다. 태어날 때부터 심장에 구멍이 났는데, 저는 초등학교에 입학하고 나서야 아프다는 걸 알게 됐죠. 의사 선생님은 구멍이 크지 않아 꾸준히 치료받으면 금방 나을 수 있을 거라고 말하지만 그 말을 벌써 몇 년째 듣고 있는지 모릅니다. 저는 항상 천천히 걸어 다녀야 했고, 모든 게 조심스러울 수밖에 없었습니다.

학교생활도 따분했습니다. 아무도 제 옆에 오려고 하지 않았으니까요. 쉬는 시간에도, 점심을 먹을 때도 저는 늘 혼자였습니다. 꼭 투명인간이 된 기분이었습니다. 그런데 도희는 달랐습니다. 모든 사람한테 스스럼없이 말을 걸 정도로 성격이 아주 밝은 아이였습니다.

'다음에 또 만날 수 있을까?'

환하게 웃고 있는 도희의 얼굴이 머리에 어렴풋이 떠올랐습니다.

며칠 뒤 엄마와 다시 병원에 갔습니다. 검사결과가 나오는 날이 었는데 의사 선생님은 생각보다 치료 경과가 좋지 않다고 했어요. 상태가 나빠지면 수술을 받을 수 있다는 말에 엄마는 절 걱정스럽게 바라봤습니다. 제가 아픈 게 모두 엄마 아빠 탓이라고 말하는 것 같았어요.

엄마가 병원 수납처에 가 있는 동안 저는 로비 안을 두리번거렸습니다. 어쩌면 도희를 또 만날 수 있을 거라 생각했죠. 그때였습니다.

"야, 이호영!"

깜짝 놀라 뒤를 돌아보니 도희가 물끄러미 저를 쳐다보고 있었습니다.

"너 여기서 뭐해? 혹시 날 찾고 있었던 거야?"

"아니, 그게 아니라, 그러니까 나는…….."

저도 모르게 얼굴이 빨개졌습니다. 속마음을 들킨다는 건 정말 창피한 일이었습니다.

"나 화장실 찾고 있었어. 정말이야. 아까 물을 너무 많이 마셨거든."

"그랬구나. 난 또 네가 날 만나고 싶어 하는 줄 알았지 뭐야."

도희가 입을 삐죽 내밀며 저를 지나쳐갔습니다. 이대로 헤어지면 두 번 다시 못 볼 것 같았습니다.

"오늘 검사 결과 보러 온 거야. 나도 너랑 똑같은 병이거든."

불쑥 튀어나온 말에 도희가 걸음을 멈추고 저를 다시 돌아봤습니다. 그리고 제 가슴에 손을 얹었습니다. 심장이 두근거렸지만 아프다는 신호는 아니었습니다. 그 두근거림을 손바닥으로 느꼈는지 도희가 가만히 미소 지었습니다.

"기특하네. 많이 힘들었을 텐데 이렇게 열심히 버텨주고."

기분이 이상했습니다. 그런 생각은 한 번도 해본 적이 없었거든요. 그동안은 그냥 쓸모없는 심장인 줄로만 알았습니다. 도희 말을 듣고 나니 지금껏 버텨온 구멍 난 심장이 왠지 고마우면서도 미안하게 느껴졌습니다.

도희는 곧 수술을 받을 거라고 했습니다. 저 같으면 무서워서 벌벌 떨었을 텐데 도희는 아무렇지 않아 보였습니다.

"그게 뭐가 무섭니? 빨리 낫기만 한다면 난 열 번이라도 받을 수 있어."

도희는 생각했던 것보다 훨씬 더 씩씩한 아이였습니다. 환자복만 아니면 아픈 사람이라고 생각하지 못했을 겁니다. 그러다 문득 이상한 점을 느꼈습니다. 제가 전에 입원했을 땐 어딜 가나 항상 링거주사를 맞고 있었는데 도희의 두 팔은 자유로웠습니다. 거기다 수술을 앞둔 사람이 이렇게 마음대로 돌아다닐 수 있다는 것도 신기했습니다.

도희가 엘리베이터 쪽을 바라봤습니다. 수척한 모습의 아저씨가 힘없이 걸어가고 있었습니다.

"우리 아빠야. 예전엔 무척 건강하고 멋졌는데 지금은 나보다 더 아픈 사람 같아. 그래서 더 힘내고 싶어. 빨리 건강해져야 아빠도 다시 예전 모습으로 돌아올 테니까."

도희가 의자에서 일어나 준비운동 하듯 팔을 돌렸습니다. 왠지 저까지 힘이 나는 것 같았습니다. 엘리베이터로 가는 도희에게 큰 소리로 말했습니다.

"나 또 올게. 내일도 내려와 있을 거지?"

주변 사람들이 깜짝 놀라 저를 쳐다봤지만 제 눈엔 손을 흔드는 도희밖에 안 보였습니다.

다음날 학교 수업을 마치고 교문을 나섰습니다. 평소 같으면 교실에서 엄마를 기다렸을 텐데, 이 날은 특별히 허락을 맡아 혼자 버스정류장으로 향할 수 있었죠. 학교에서 병원까지 네 정거장밖에 되지 않아서 혼자 가는데 어렵지 않았어요. 도희도 쉽게 찾을 수 있었습니다. 그런데 이번엔 혼자가 아니라 할아버지 한 분과 같이 있었습니다.

"그래서 제가 아리한테 말했어요. 넌 참 못된 강아지구나, 라고 말이에요. 그랬더니 아리가 고개를 푹 숙이는 거 있죠? 꼭 제 말을 알아듣는 것 같았어요."

제가 가까이 와있는 것도 모르고 도희는 할아버지와 신나게 이야기하고 있었습니다. 잠시 머뭇거리다가 조심스럽게 도희를 불렀습니다. 도희가 벌떡 일어나 저를 반겼습니다. 그런데 할아버지는 조금 얼떨떨한 표정이었습니다.

"할아버지, 죄송해요. 친구가 와서 이만 가봐야 하거든요. 다음에 또 재미있는 얘기해드릴게요. 안녕히 계세요."

도희를 따라 저도 할아버지께 인사했습니다. 그런데도 할아버지는 여전히 절 못마땅해하는 것 같았어요.

우리는 본관 옆 작은 공원 벤치에 앉았습니다. 커다란 나무가 햇빛을 가려주고 있어 눈을 찡그리지 않고 이야기할 수 있었죠. 처음으로 마음이 맞는 친구가 생겨서 즐거웠습니다. 이날 따라 말도 술술 잘 나왔습니다.

"우리 학교에도 이만한 느티나무가 있는데 내가 가장 좋아하는 장소야. 교실은 병원처럼 답답해서 싫은데 거기만 가면 이상하게 마음이 편안해지거든. 심심한 것도 사라지고 혼자라는 생각도 안 들어. 아무도 관심 가져주지 않아도 그 나무는 항상 날 기다려주니까. 도희 너처럼 말이야."

친구한테 제 감정을 솔직히 말한 건 이번이 처음이었습니다. 쑥스러웠지만 다행히 도희는 제 말을 잘 받아줬습니다.

"우와, 나도 한번 가보고 싶은걸?"

"정말? 분명히 너도 좋아하게 될 거야. 나랑 비슷한 부분이 많으니까. 그래서 가끔 네가 우리 학교에 다니면 얼마나 좋을까. 혼자 생각했어. 우리 반 아이들은 너처럼 먼저 말 걸어주지 않거든. 치사하지 않니? 아픈 게 내 잘못도 아닌데 항상 날 투명인간 취급한다니까."

"바보야, 꼭 누가 말을 걸어줘야 말을 하니? 난 그런 거 답답해서 싫어."

당황스러웠습니다. 누구보다 저를 제일 많이 이해해줄 거라 믿었던 도희에게 이런 말을 듣게 될 줄은 몰랐으니까요.

"아니, 난 몸이 약하니까 당연히 옆에서 관심 가져줘야 한다는 건데?"

"관심을 안 주는데 어떻게 관심을 갖니?"

도희는 저를 전혀 신경 쓰지 않았어요. 오히려 우리 반 아이들을 편드는 것 같았습니다.

"그 아이들이 널 조심스러워하는 걸 수도 있어. 네가 책상에만 엎드려있으니까 함부로 다가갈 수 없는 거라고. 그걸 어떻게 아냐고? 나도 너랑 똑같은 투명인간이었으니까. 하지만 지금은 아니야. 난 누구보다 수다스럽고 성격도 유별나지. 거기다 예쁘기까지 하잖아?"

도희가 장난스럽게 입가를 올렸지만 저는 웃을 기분이 아니었습니다. 제 표정이 이상하다고 느꼈는지 도희가 다독거리며 말했습니다.

"겁내지 말고 네가 먼저 아이들한테 다가가 봐. 내가 없어도 외롭지 않게. 넌 나보다 더 잘 해낼 거야. 약속할 수 있지?"

도희가 환하게 웃으며 새끼손가락을 내밀었습니다. 하지만 전 그걸 받아주지 않았죠.

"나 집에 갈래."

도희를 혼자 내버려 둔 채 저는 심통 난 얼굴로 공원을 빠져나왔습니다.

버스를 타고 집으로 가는데 자꾸만 도희가 했던 말이 생각났습니다. 집에 돌아와 있는 데도 옆에서 계속 도희 목소리가 들리는 것 같았어요. 사실 저도 알고 있었습니다. 용기가 없어서 아이들 앞에 나서지 못했다는 걸요. 그걸 숨기고 싶었는데 도희가 콕 짚어서 말을 하니까 저도 모르게 화가 났던 것 같아요. 다 저를 생각해서 한 말이었는데 말이죠. 시간이 지나면서 도희에 대한 원망이 차츰 사라졌습니다. 그리고 제가 잘못했다는 걸 깨달았습니다.

다음날 다시 병원을 찾았지만, 도희는 보이지 않았습니다. 전화라도 걸면 쉽게 만날 수 있을 텐데 아쉽게도 번호를 물어보지 못했죠. 어떻게 할까 고민하던 중 도희와 함께 있던 할아버지가 생각났어요. 다행히 할아버지는 그날도 같은 자리에 앉아있었습니다.

"안녕하세요, 할아버지. 오늘은 도희 안 왔어요?"

할아버지가 저를 빤히 쳐다보더니 대뜸 화부터 냈습니다.

"예끼, 이놈. 어른을 그렇게 놀리면 못써. 어제도 누가 있는 것처럼 굴더니, 왜 자꾸 찾아와서 이상한 소릴 해. 난 또 무슨 귀신이 붙었나 했네."

심술 맞은 할아버지라고 생각했습니다. 옆에서 말벗이 돼준 고마운 도희를 모른 척하다니 말이에요. 할아버지의 호통에 저는 쫓겨나듯 그 자리를 떠났습니다. 그때 주차장 너머로 도희 아빠가 걸어가고 있었습니다.

도희 아빠는 그때보다 더 힘이 없어 보였습니다. 어깨는 축 처져 있었고 걸음걸이도 이상했습니다. 도희 아빠의 까만 양복이 무겁게 느껴졌습니다. 무언가가 저까지 짓누르는 기분이었습니다.

도희 아빠가 들어간 곳은 장례식장 안이었습니다. 불길한 예감에 저는 한동안 움직일 수 없었습니다. 정신을 차리고 들어갔을 땐 이미 도희 아빠의 모습은 보이지 않았습니다. 길 잃은 아이처럼 저는 장례식장 안을 정신없이 헤맸습니다. 당장이라도 도희가 나타나 장난스럽게 말을 걸어줄 것만 같았습니다.

"너 여기서 뭐해? 혹시 날 찾고 있었던 거야?"

　도희 목소리가 들린 것 같아 걸음을 멈췄습니다. 도희가 방긋 웃는 얼굴로 저를 쳐다보고 있었습니다. 하지만 그건 진짜 도희가 아니었습니다. 안내판 속 도희의 영정사진이었습니다. 저는 우두커니 서서 도희 얼굴을 바라봤습니다. 어수선한 장례식장 안에서 저만 시간이 멈춘 것 같았습니다. 잠시 후 어른들이 도희 이야기를 하는 걸 들었습니다.

"어린 것이 얼마나 고생했나 몰라. 수술 날짜까지 잡아놓고 갑자기 쓰러지는 바람에 1년 동안 못 깨어나고 계속 중환자실에만 누워있었잖아. 병치레하느라 친구 하나 제대로 못 사귀었을 텐데, 거기서는 외롭지 않았으면 좋겠네."

　믿을 수 없었습니다. 어제까지만 해도 도희는 분명 저와 함께 있었는데 말이죠. 하지만 사진 속 얼굴은 제가 알고 있는 도희가 맞았습니다.

'넌 나보다 더 잘 해낼 거야. 약속할 수 있지?'

　도희의 마지막 말이 머리에 맴돌았습니다.

　어른들의 도움을 받아 빈소 앞에 섰습니다. 똑같은 사진인데도 액자에 크게 걸려 있어 도희 얼굴이 더 잘 보였습니다. 도희와 눈을 맞추며 마음속으로 말했습니다.

'응, 약속할게. 앞으로 겁쟁이처럼 피하지도 않을 거고, 너처럼 씩씩하게 잘 지낼 거야. 그래서 네 몫까지 친구도 많이 사귈 테니까 꼭 지켜봐 줘. 그리고 어제 화내서 미안해. 오늘 그 말 하려고 온 건데……'

갑자기 눈앞이 뿌옇게 변했습니다. 눈가에 맺힌 눈물 때문에 도희 얼굴이 점점 투명해져 가는 기분이었습니다. 그런데도 도희는 제 마음속에 선명히 남아있었습니다. 미안해할 것 없다고, 떠나기 전 친구가 생겨서 기뻤다고 말하는 것 같았습니다.

손등으로 눈물을 닦으며 마지막 인사를 했습니다.

'잘 가, 도희야.'

김 성 욱

**유쾌함과 감동을 주는 동화,
누구나 재미있게 읽을 수 있는 동화**

원고를 마치고 서둘러 우체국으로 향했습니다. 신춘문예 접수 마감까지 아직 5일 정도 남아 있었지만, 주말을 제외하면 그리 여유 있는 편은 아니었습니다. 곧 우편물 차량이 출발한다는 말에 마음을 졸이면서 봉투에 주소를 적었습니다. 혹시나 잘못 기재하진 않았는지 확인하고 또 확인했습니다. 시간을 조금 넘겼지만, 우체국 직원의 도움으로 다행히 그날 원고를 보낼 수 있었습니다. 딱 거기까지가 올해 저의 목표였습니다. 1년 동안 준비한 원고 전부를 그냥 컴퓨터에 묵혀두긴 싫었습니다. 그렇다고 특별히 욕심을 부린 건 아니었습니다. 아직 보고 배울 것이 많기에 별다른 기대는 하지 않았습니다.

당선 소식을 듣고 처음엔 꿈을 꾸는 줄 알았습니다. 저에게 이런 행운과 기회가 주어졌다는 게 믿어지지 않았습니다. 막연히 작가의 꿈을 안고 나름 열심히 글을 써왔지만 스스로 항상 부족하다고 느꼈습니다. 그래도 이렇게 좋은 결과를 얻은 걸 보면 그동안의 노력이 헛되지는 않았나 봅니다.

사실 지금도 동화에 대해 잘 알지는 못합니다. 지식도 얕을뿐더러 감정표현도 서툽니다. 그래서 동화, 한 편 쓰는데 남들보다 시간이 많이 걸리는 편입니다. 글을 쓰는 것보다 중간중간 수정하는 데에 더 많은 시간을 들입니다. 그동안 단편 동화를 쓰면서 아이들의 눈높이는 어디까지인지, 무엇에 관심을 갖고 흥미를 느끼는지를 숱하게 고민해왔습니다. 어쩌면 평생 풀어야 할 과제인지도 모르겠습니다. 하지만 이젠 그 길이 왠지 즐거울 것만 같습니다.

동화라는 문턱 너머로 이제 첫발을 내디뎠습니다. 이 여행이 설레기도 하지만 거센 폭풍우와 만날까 두렵기도 합니다. 넘어야 할 산도 많겠죠. 하지만 그 과정에서 아름다운 풍경도 볼 수 있을 거라 믿습니다. 유쾌함과 감동을 주는 동화, 누구나 재미있게 읽을 수 있는 동화를 써나가겠습니다. 따뜻한 느낌으로 편안히 다가갈 수 있는 작가가 되도록 노력하겠습니다.

먼저 저에게 이런 큰 기회를 주신 광남일보 심사위원님들께 깊은 감사를 드립니다. 기대에 어긋나지 않도록 더욱더 정진하겠습니다. 뜬구름 잡듯 글을 써오던 저를 이만큼 이끌어주신 우현옥 선생님께도 감사의 인사를 전합니다. 아울러 함께 공부한 동화누리 회원들과 이 영광을 함께 나누고 싶습니다. 그리고 안전하게 우편물을 전달해주신 우체국 직원분들께도 고맙단 말씀 꼭 전하고 싶습니다.

마지막으로 그동안 뒤에서 묵묵히 응원하고 격려해준 우리 가족. 고맙고, 사랑합니다.

환상적 상황 '짜임새 서사'로
설득력 있게 전개

동화 부문에 응모한 작품 수는, 중앙 일간지의 응모작 편수와 비교해서 별 차이가 없을 정도로 많은 170편이었다. 응모작의 수에 비례해서 작품들의 수준도 고르게 높은 편이었다.

물론 문학 작품의 평가는 상대적이니까, 평가 기준을 엄정하게 적용했을 때는 상당수의 작품이 유사한 문제점을 보여주고 있었다. 응모작은 사실적인 성격의 작품(사실동화, 소년소설)과 비사실적인 성격의 작품(환상동화, 판타지) 두 종류로 구분할 수 있는데, 앞으로도 신춘과 같은 공모전에 응모할, 창작에 열정을 쏟을 사람들을 위해 이 문제점에 대해 몇 가지 이야기하고자 한다.

먼저 사실적인 작품들이 보여준 문제점은, 인물의 행동이나 서사의 전개가 자연스럽지 않고 허술하게 건너뛴다는 점이다. 사실적인 이야기는 현실 법칙의 핍진성과 개연성을 가져야 한다는 점을 잊어서는 안될 것이다.

다음으로 비사실적인 작품들 다수가 보여준 공통적인 문제점은,

환상적인 장치나 방법이 정교하지 않고 독자에게 별로 매력적으로 다가오지 않는다는 점이다. 판타지의 인물이나 공간은 작가 그 나름의 명확한 법칙을 바탕으로 해야 하며, 단순히 기이하거나 이상한 것이 아니라 독자를 끌어당기는 매력을 보여줘야 할 것이다.

예심을 통과한 작품은 5편이었다.

먼저 '나는 웃지 않는다'는 거실에서 아빠가 쓰러졌는데 그것도 모르고 놀러 갈 생각에 신이 나서 옷을 고르고 있던 아이의 죄의식에 초점을 맞추고 있었다. 웃지 않는 주인공의 심리에 집중하여 서사의 긴장감이 있었지만, 주인공의 의식과 행동에 작위적인 측면이 있었다.

'최고의 선물'은 개성적인 도깨비가 등장하는 환상적인 성격의 작품이다. 이 작품은 도깨비가 소원을 엉뚱하게 들어주는 설정으로 사투리와 표준어의 차이를 무화시키는, 즉 차별에 대해 생각하자는 주제를 말하고 있다. 사투리가 흥미롭게 구사되는 대화, 재치 있는 반전 등의 장점이 돋보이지만, 서사의 시공간이나 사건 전개가 소품으로 느껴져서 아쉽다.

'오리농장 조개맨'은 전형적인 사실주의 계열의 동화다. 악취가 심할 수밖에 없는 친구의 오리농장을 간 아이들이 벌이는, 한바탕 활극

과도 같은 사건이 생동감 있게 전개된다. 아이들의 생활이 건강하게 그려지는 장점이 있는데, 이 작품 자체로는 독자가 인물들과 사건의 맥락을 제대로 파악하기 어려워 혼란스러운 측면이 있다.

'소문난 맛집'은 새의 시각으로 인간의 행동을 보는 이야기인데, 할아버지와 아이가 새에게 맛집을 차려준다는 이야기이다. 새똥 때문에 발생한 아래층의 항의를 피해 나무에 '버드피더'를 만들어주는 따듯한 마음이 감동을 주는 동화인데, 무난한 감동의 범위를 벗어나지 못했다는 아쉬움이 있었다.

사실 170편의 작품에서 한 편의 당선작으로 선정된다는 것, 즉 맨 앞자리에 서려면 무난히 잘 쓴 작품, 고개를 끄덕일 정도의 감동을 주는 작품으로는 부족하다. 참신한 서사, 그리고 그 서사가 묵직한 주제를 효과적으로 표현해야 한다. 그런 점에서 위의 4편은 아쉬웠다.

남은 작품 '투명해도 선명한'은 심장병으로 병원에 간 주인공이 '도희'라는 아이를 만나는 이야기다. 도희는 1년 전에 쓰러져 중환자실에 누워있다 죽게 되는 아이이고, 주인공은 유체 이탈한 영혼을 만나는 셈이다. 이 사실을 독자는 결말 부분에 가서 알게 되는데, 이 환상적인 상황이 짜임새 있는 서사로 설득력 있게 전개된다. 따라서 도희가 떠나면서 준, 삶을 적극적으로 살아내라는 메시지가 독자에게 자연스럽게 다가온다. 영혼을 한 인물로 생생하게 살려낸 참신한 서사, 무리 없이 전달되는 무게 있는 주제를 높이 사서 이 작품을 당선작으로 선정하였다.

당선자에게 축하를 전하며 응모자들의 분발을 기대한다. 창작자가 되겠다는 것은, 일상 속에서 분쇄되고 속절없이 흘러가는 삶의 시간을 창조적으로 살겠다는, 자신의 삶을 사랑하겠다는 결심이니, 어떤 일회적인 결과와 상관없이 '삶을 사랑하기'를 멈추지 않기를 바란다.

심사위원 배봉기(아동문학가 · 전 광주대 교수)

국제신문

신 희 진

1977년 서울 출생
국민대 교육대학원 국어교육학과 졸업
어린이책작가교실 37기 졸업. 동화창작모둠 23기 졸업
2023년 국제신문 신춘문예 동화부문 당선
77monnani@hanmail.net

베토의 하루

신 희 진

"이동권을 보장하라. 이동권을 보장하라."

지하철 승강장으로 내려오니 어른들이 싸우고 있었다. 다리가 없는 장애인이 지하철 문에 누워있었다. 지하철은 멈춰 있고 승무원이 와서 싸움을 말리고 있었다. 할머니가 싸주신 반찬을 빨리 냉장고에 넣어야 하는데 걱정이 되었다.

그런데 갑자기 좋은 생각이 떠올랐다. 미래의 유명한 유튜버가 꿈인 내가 이 순간을 놓치면 안 된다. 나는 휴대전화를 꺼내서 어른들의 싸움을 촬영했다. 욕설이 오갔다. 점점 큰 소리가 심해지니 나도 슬슬 짜증이 났다. 나는 촬영을 멈췄다. 드디어 승무원과 여러 사람이 휠체어를 들어 이동시켰다. 그리고 잠시 후 열차가 출발했다.

겨우 집에 도착했다.

"영훈아, 왜 이렇게 늦었어?"

"엄마, 지하철이 한 시간이나 연착됐어. 왜 이런 날 장애인 시위를 하고 그래?"

"뭐, 시위하는 날이 따로 정해져 있니?"

"무거운 반찬 들고 얼마나 힘들었는지 알아? 바쁜 사람들 지하철도 못 타고, 남들도 생각해야지? 이기적이야."

"다 이유가 있겠지."

"난 민폐 끼치는 사람들 딱 질색이야."

나는 방으로 들어와서 브이로그를 편집했다. 제목은 '민폐 장애인'으로 올렸다. 5학년 우리 반 친구들 20명 정도가 구독자이다. 아직은 조회 수가 많지 않지만 난 유명한 유튜버가 될 것이다.

"영훈아, 금방 고모 오시니까 방 청소 빨리해."

"고모는 왜 우리 집으로 오는 거야? 호텔로 안 가고?"

"너, 그런 말 하면 못써. 고모가 15년 만에 한국 오는데 당연히 우리 집으로 와야지."

얼굴도 모르는 고모가 오는 게 귀찮아서 짜증이 났다. 고모가 오지 않으면 유튜브 보며 편하게 지낼 텐데, 정말 귀찮다.

띠띠띠띠띠.

그때 현관문이 열렸다. 아빠와 고모였다. 나는 고모를 보고 놀랐다. 고모가 휠체어를 타고 들어왔다. 부모님의 대화에서 고모가 몸이 불편하다는 이야기를 들었던 것도 같다.

"어머, 영훈이구나."

"아, 안녕하세요."

파마머리에 빨간색 뿔테 안경, 얼굴도 예쁘고 우아한 모습이 정말 예술가 같았다. 독특한 분위기 때문인지 자꾸 눈길이 갔다.

"고모, 반가워요. 배고프죠? 밥만 되면 다 했어요. 영훈이랑 잠깐 얘기하고 있어요."

엄마랑 아빠는 주방으로 갔다. 고모는 휠체어에서 움직이는 모습도 소파로 옮겨서 앉는 모습도 굉장히 익숙했다. 누군가의 도움이 전혀 필요 없었다. 고모와 소파에 앉아 있는데 좀 어색한 공기가 흘렀다. 고모 휠체어 앞 손잡이에 최신 짐벌 카메라가 달려 있었다.

"고모, 이건 뭐예요?"

"고모가, 유명한 유튜버란다."

고모는 짐벌 카메라를 끄고 휠체어 앞에 고정한 나사를 풀었다.

"정말이요? 저도 유튜버인데. 제가 편집의 달인이거든요. 고모는 무슨 콘텐츠예요?"

"독일살이도 올리고, 맛집도 알려주고 독일에서 잘사는 비결을 알려준달까? 관심 있으면 보여줄까?"

고모는 휴대전화를 꺼내며 자랑스럽게 말했다. 고모가 보여준 영상에는 독일의 모습이 담겨 있었다. '베토의 하루' 구독자가 40만 명이고 동영상이 100개가 넘고, 조회 수는 200만이 넘었다.

"우와. 고모 완전 유명하네요. 고모가 베토벤 닮아서 베토의 하루예요?"

"하하. 내가 베토벤 닮았니? 베토벤 음악을 좋아해서 베토의 하루야. 내가 바이올리니스트인데 연주 영상보다 휠체어 탄 일상이 더 인기가 많다니, 인생은 아이러니의 연주야."

고모가 내게 짐벌 카메라를 건넸다. 나는 짐벌 카메라를 켜서 위아래로 움직였다. 정말 빠르게 움직이는데도 화면이 흔들리지 않았다. 신기했다.

"영훈아, 고모랑 예랑 문화회관에 같이 가지 않을래? 고모가 장애인 음악회에 초청받았거든. 내일이 리허설이야. 브이로그 찍을 조수가 한 명 필요한데, 어떠니?"

"제가요? 예랑 문화회관이요? 거긴 서울이라 저는 길 잘 몰라요."

"길은 고모가 안단다. 동행을 해주면 짐벌 카메라를 선물로 줄게. 어떠니?"

가장 갖고 싶었던 짐벌 카메라다. 최소형 짐벌인데 흔들림까지 완벽하게 잡아주는 최신형으로 유명한 유튜버들이 다 갖고 다닌다. 이것만 있으면 유명한 유튜버가 될 것 같았다. 아니 벌써 유명한 유튜버가 된 기분이었다. 고모가 온 게 정말 행운이라고 생각했다. 아니 짐벌 카메라가 온 것이 행운이었다.

다음 날, 아침을 먹고 고모와 나는 일어났다. 아빠가 몇 번을 데려다준다고 했지만, 고모는 대중교통을 선택했다. 독일에서는 항상 대중교통을 이용한다고 말했다. 나는 고모의 바이올린을 메고 집을 나섰다. 고모의 작은 휠체어는 좋아 보였다. 바퀴의 회전도 좋았고 빠르게 잘 굴러갔다. 고모는 누구의 도움 없이도 사람들의 속도에 맞춰서 잘 갔다. 고모의 익숙한 움직임을 보고 다행이라고 생각했다. 짐벌 카메라에 찍히는 고모 모습을 봤다. 촬영 감독이 된 기분이었다.

"오늘 베토의 하루는 한국에서 시작합니다. 여기서 예랑 문화회 관까지 가는 길을 소개할게요. 오늘의 조수는 제 유일한 조카, 박영훈 군입니다. 미래의 유명 유튜버입니다."

줌으로 당겼다가 다시 제자리로. 위로 빨리 올렸다가 다시 내리고. 정말 빠른 속도의 움직임도 흔들림 없이 잘 잡았다. 고모가 이 비싼 것을 준다고 생각하니 입가에 웃음이 새어 나왔다.

우리는 택시 승강장에 도착했다. 고모는 택시 쪽으로 다가가서 앞 창문을 두들겼다.

"기사님, 제 휠체어를 실어 주실 수 있을까요?"

나는 2미터 뒤에서 고모를 계속 촬영했다. 택시 아저씨가 싫어할 것 같아 걱정되었다. 이런 상황이 불편했다. 그런데 아저씨는 아무 말 없이 운전석에서 내려 고모 쪽으로 다가왔다.

고모는 휠체어를 택시 가까이 붙이고 엉덩이를 들어서 한 번에 의자에 앉았다. 그리고 팔로 두 다리를 옮겼다.

"커서 안 들어갈 것 같은데."

기사 아저씨는 휠체어를 앞뒤로 굴리면서 말을 했다. 나는 귀찮은 표정의 기사님을 보니 난처했다.

"여기를 잡아당기면 바퀴가 빠지는데, 바퀴를 먼저 빼고 가운데를 접으면 됩니다."

아저씨는 고모가 잡아당기라는 레버를 누르고 바퀴를 당겼다.

잘 빠지지 않았다. 아저씨의 얼굴에 짜증이 가득했다. 지나가는 사람들도 멈춰서 바라봤다. 나는 우물쭈물 망설였다. 카메라를 끄고 가 봐야 하는지 그냥 계속 촬영을 해야 할지 몰라 서성거렸다.

고모는 택시 승강장에 서 있던 젊은 아저씨에게 말했다.

"저기, 이것 좀 도와줄 수 있을까요?"

젊은 아저씨는 다가와서 한 번에 바퀴를 빼고, 다른 쪽 바퀴도 빼서 트렁크에 실어줬다.

"고마워요. 행복한 하루 보내세요."

젊은 아저씨는 아무 말 없이 가벼운 목례를 하고 다시 승강장으로 갔다. 나는 다행이라고 생각하고 택시 뒷좌석에 탔다. 아저씨는 그다지 반갑지 않은 손님이 탔다는 표정이었다.

"에이, 손에 기름때가 다 묻었네. 다른 기사 만났으면 승차 거부했을 거예요. 그래도 나니까 도와주는 거예요. 우리나라는 아직 장애인 인식이 좋지 않아요."

아저씨는 생색내며 말했다. 전혀 친절하지 않았다. 그래도 태워준 것이 다행이라고 생각했다.

"그렇죠? 한국은 아직 장애인 인식이 좋지 않죠? 저는 독일에 살아요. 독일에는 배리어 프리라고 장애인들이 편하게 다닐 수 있게 도로와 교통수단을 편리하게 만들었죠. 독일에서는 휠체어를 타고 이동하는 데 전혀 불편함이 없답니다. 버스에도 휠체어가 늘 있지요. 그래서 굳이 택시를 이용하는 사람은 없답니다. 배리어 프리죠."

고모는 마지막 단어를 강조하며 말했다.

"아, 독일에서 오셨군요."

아저씨는 좀 머쓱한 표정을 지었다.

고모와 나는 지하철역에 도착했다. 서울까지 가려면 연수역에서 한 시간은 걸린다. 고모와 함께 간다면 더 길어질 수도 있다. 내 눈앞에 수십 개의 계단이 보였다. 고모는 익숙하게 장애인 리프트 호출 벨을 눌렀다.

잠시 후, 역무원이 도착했다. 역무원은 익숙하게 리프트를 내려주고 휠체어가 안전하게 고정되었는지 확인했다. 그리고 리프트는 음악 소리를 내며 천천히 움직였다. 거북이보다 느린 속도로 천천히 내려갔다. 지나가는 사람들이 한 번씩 쳐다봤다. 사람들의 시선이 내 몸에 화살처럼 박히는 것 같았다. 이제는 짐벌 카메라를 들고 있는 것도 부담스러웠다. 어디로 숨고 싶었다.

역무원의 도움을 받아 지하철 역사로 내려갔다. 지하철에는 수많은 사람이 모여있었다. 자세히 보니 휠체어 탄 사람들이 목에 팻말을 걸고 시위를 하고 있었다. 지하철이 연착된다고 화를 내는 사람의 목소리가 크게 들렸다. 또 시위 시간에 걸렸다.

"고모, 어제도 시위하느라 한 시간이 연착됐는데, 다음 역으로 갈까요.?"

"영훈아, 잠깐 기다려 보자."

사람들의 목소리는 더 커졌다. 주위를 보니 경찰도 있었다.

그때, 어떤 아저씨가 지나가면서 고모에게 소리를 쳤다.

"집에 처박혀 있지 왜 돌아다니냐고."

고모에게 삿대질했다. 나는 깜짝 놀랐다. 무슨 일이 생길 것 같아 두려웠다.

"저희 고모는 시위에 참석하지 않았어요."

이렇게 말하면 괜찮을 줄 알았다.

"이렇게 돌아다니는 게 민폐라고. 왜 사람들을 불편하게 해. 집에나 있을 것이지."

아저씨는 고래고래 소리를 질렀다. 나는 심장이 빠르게 뛰었다. 어떻게 하지? 아저씨는 계속 따라오면서 소리를 질렀다. 사람들이 수군거렸다. 아저씨의 말에 동조하는 말이 들렸다. 모두가 고모와 나를 바라봤다. 경멸하는 눈빛처럼 느껴졌다. 고모는 장애인 시위하는 곳으로 움직였다. 반대쪽으로 가야 안전할 것 같아서 고모에게 말했다.

"고모, 저쪽으로 가요."

고모는 들리지 않는지 시위하는 곳으로 바퀴를 굴렸다. 나는 어쩔 수 없이 따라갔다. 고모는 한가운데 서 있는 장애인에게 다가가 마이크를 달라는 듯 손을 내밀었다.

"여러분, 저는 독일에 사는 바이올리니스트입니다. 제가 여러분들을 위해 한 곡 연주해도 될까요?"

고모의 목소리는 우아하며 단호했다. 몇몇 사람들이 고모를 향해 시끄럽다고 소리쳤다. 그러나 고모는 바이올린을 꺼내 연주를 시작했다. 지하철 역사에 바이올린 소리가 울려 퍼졌다. 아는 노래다.

작년에 피아노 학원에서 합창했던 베토벤의 '환희의 송가'였다.

사람들의 싸우는 소리 위에 고모의 연주가 눈처럼 덮였다. 지나가는 사람들도 바이올린 소리에 귀 기울이듯 이쪽을 바라보며 경청했다. 순식간에 싸움의 소리는 사라지고 역사 안에 음악 소리로 가득 채워졌다. 고모는 음악에 취한 듯한 표정으로 온몸을 움직이며 연주했다. 정말 멋진 연주였다.

나는 심장이 뛰었다. 가슴에 뭔지 모를 뜨거운 무언가가 차오르는 느낌이었다. 고모의 연주가 좋아서일까? 아니면 베토벤의 '환희의 송가'가 좋아서일까? '환희의 송가'가 전쟁터에서 울리는 모습이 떠올랐다. 고통받는 전쟁터에서 사람들에게 위로를 주고 평화의 마음으로 바꾸었던 노래가 내 귀에서 울렸다. 순간 웅장한 소리가 내 심장을 쳤다.

나는 짐벌 카메라를 내려놨다. 주머니에서 휴대전화를 꺼내 전광판 어플에 '배리어 프리'를 적어 머리 위로 높이 올렸다. 사람들의 시선이 날아왔지만, 몸에 박히지 않았다. 시위하던 몇몇 사람들이 나를 보고 휴대전화에 '배리어 프리' 글자를 적어 함께 올렸다. 전광판 불빛과 고모의 아름다운 연주 소리가 역사 안에 가득했다.

연주가 끝나자 몇몇 사람들은 손뼉을 쳤다. 시위하던 사람들은 밖으로 나가려고 움직였다. 지하철을 기다리던 사람들은 승강장으로 걸어갔다. 싸움이 끝났다. 아무도 싸움의 원인을 묻지 않았다. 신기하게 평화가 찾아왔다.

아, 어딘가로 여행을 다녀온 기분이었다. 내가 모르는 세계로. 그리고 내가, 내가 아닌 것처럼 낯설었다. 주변의 소리도 익숙했던 공간도 다르게 느껴졌다. 다시 고모를 봤다. 나는 고모의 바이올린을 챙겨서 어깨에 멨다.

"고모, 리허설 늦겠어요. 빨리 가요."

"영훈아, 리허설은 가지 않아도 될 것 같구나."

나는 왜 가지 않아도 되는지 묻고 싶었지만, 조금 알 것도 같았다. 다 설명할 수 없지만, 오늘은 특별한 하루이다. 고모와 나는 발길을 돌렸다.

"영훈아, 오늘 영상은 편집해서 올려주렴. 참, 영훈이 유튜브는 이름이 뭐니?"

앗, 큰일이다. 갑자기 어제 올린 '민폐 장애인' 영상이 생각났다. 갑자기 손발에 힘이 풀렸다. 얼굴이 뜨거워졌다.

"아, 저, 저는 아직 영상이 많지 않아서요. 몇 개 더 올리고 알려드릴게요."

집에 가서 영상을 지워야겠다. 커닝하다 들킨 기분이었다. 빨리 지우면 된다. 그래도 잘못을 수정할 기회가 있다는 것에 안도감이 생겼다. 베토의 하루는 여기서 끝났다.

당선소감

신 희 진

희망 전하는 글쓰기
계속 이어갈 것

'그대의 꿈이 거짓이 아니라면, 이제 다시 펜을 들 시간입니다.'

나의 재주와 성실성에 대해 불안할 때 이 문구를 보고 나의 꿈이 거짓이 아닌가 질문했다. 거짓이 아니라면 그냥 계속 쓰는 거다. 그렇게 마음을 먹으니 나를 믿을 수 있었다. 막막한 순간도 있었다. 멈추고 싶기도 했다. 하지만 나를 사랑하는 사람들 덕분에 지금, 이 순간이 있는 것 같다. 나는 글을 쓰고 싶다. 글을 쓸 때 살아 있음을 느끼고 진짜 내가 된 것 같다.

부족한 글을 뽑아주신 김옥애 선생님, 한정기 선생님과 국제신문사에 깊이 감사드린다. 글을 다시 쓸 수 있도록 도와주신 정해왕 선생님, 글의 감각을 알려주신 김정미 선생님, 부족한 글을 열심히 합평해 준 글동무들께 진심으로 감사를 전한다.

나에게 글을 쓸 수 있는 영감을 물려준 신세식 씨, 나의 삶을 따뜻하게 해준 유순희 씨, 나를 늘 응원해주는 신유정, 신유진 언니, 나의 첫 독자 서윤주, 사랑하는 서강, 서율에게 고마움을 전한다. 그리고 해오름평생교육원 선생님들과 박형만 선생님께 감사드린다.

어떤 글을 써야 하는지, 어떻게 써야 하는지 지금도 고민이지만, 사람들에게 희망과 용기를 주는 글을 쓰고 싶다. 앞으로 즐겁고, 감사하게 나한테 주어진 길을 걸어가야겠다.

심사평

시의적절한 소재⋯
갈등 해법도 감동

완성도가 높은 작품이 많아 심사하는 기쁨이 컸다. 성추행, SNS상의 사생활 노출, AI(인공지능), 성형, 장애인, 다문화 등. 사회상을 반영한 다양한 소재로 눈길을 잡는 작품이 많았다.

꼭 하고 싶은 이야기가 있다고 해도 그런 이야기가 다 동화가 되는 건 아니다. 어린이의 눈높이에 맞춘 단어 선택과 문장은 동화 쓰기의 기본이다. 어른의 몸에 어린이의 옷을 입혔다고 어린이가 되는 건 아니다. 최종심까지 올라온 작품은 '반', '번개야, 넌 최고였어', '체육천재', '베토의 하루' 네 편이었다. 어느 작품을 당선시켜도 크게 무리가 없을 만큼 완성도 높은 작품들이었으나 모두 저마다의 장점과 단점을 지니고 있었다.

'번개야, 넌 최고였어'는 찡한 감동을 주는 동화적 마무리가 좋았지만, 소싸움이라는 소재가 요즘 어린이들의 정서와는 거리가 있는 게 걸렸다. '체육천재'는 벌어지는 사건과 맞물린 주인공의 심리를 잘 표현했으나 구성이 밋밋해 평범한 이야기가 되어버린 점이 아쉬웠다. '반'은 다문화를 소재로 한 작품이었고 상황에 따라 바뀌는 입장을 상징과 비유를 이용해 문학적으로 형상화하는 솜씨가 뛰어나 눈길이 오래 머물렀다.

'베토의 하루'는 장애인 유튜버 같은 소재의 시의성이 좋았고, 갈등을 해소하는 방법도 상투적이지 않아 감동적이었다. 마지막까지 선자들을 고민하게 만든 작품은 '반'과 '베토의 하루'였는데, 내공의 단단함이 이후의 활동에 국제신문 신춘문예 당선자로 손색이 없을 것 같다는 의견 일치를 끌어낸 '베토의 하루'를 당선작으로 밀었다. 당선자에게 축하를, 아쉽게 탈락한 분들에겐 격려를 보낸다.

심사위원 김옥애 · 한정기 (동화작가)

동아일보

김 서 나 경

1980년 경북 상주 출생
서울예술대학 문예창작과 졸업
어린이책작가교실 졸업
2022년 창비어린이 신인문학상 청소년소설 당선
2023년 동아일보 신춘문예 동화부문 당선
underks@daum.net

드림 렌즈

김서나경

금요일 저녁, 퇴근한 엄마가 하리를 보며 말했다.

"하리야. 인상을 왜 그렇게 써."

"내가 언제?"

"눈이 안 좋아?"

하리는 멀뚱히 눈만 깜박거렸다. 갑자기 앞이 잘 안 보인다는 말이 나오지 않았다. 엄마가 대답을 기다리는 듯 하리를 바라보았다. 하리는 망설이다 습관처럼 말했다.

"괜찮아."

엄마가 하리를 계속 보았다. 하리의 말이 진짜인지 알아보려고 그러는 것 같았다.

"하리야, 엄마랑 내일 병원 가자. 가서, 시력검사 해 보자."

아빠가 지방으로 전근 간 뒤에 집에는 하리와 엄마 둘 뿐이었다. 그렇다고 함께 보내는 시간이 많다고 할 수는 없었다. 엄마는 바빴고, 집에 있을 때조차 엄마와 하리는 각자의 방에 따로 있으니까.

하리는 다 괜찮았다. 이제 오학년이니까.

하지만 엄마 말에 슬며시 나오는 웃음을 막을 수 없었다. 병원에 갔다가 오는 길은 엄마랑 오롯이 함께 하는 시간일 것이다. 하리는 기분이 좋아 잠도 금방 들었다.

다음 날 오전, 하리는 엄마와 함께 집 근처 안과에 갔다.

"시력이 많이 나쁘네요. 이 정도면 사람들 얼굴도 잘 못 알아봤을 텐데. 하리가 많이 불편했겠어요."

검사를 마친 의사 선생님의 말에 엄마의 얼굴이 죄책감과 민망함으로 달아올랐다.

"보통은 안경을 쓰지만, 요즘은 '드림 렌즈'라는 것을 하기도 하는데 가격이 좀 비쌉니다."

"드림 렌즈요?"

엄마가 되물었다.

"규칙적인 생활을 하는 어린이들의 경우에 효과가 아주 좋습니다. 잘 때 렌즈를 끼고 자고, 아침에 렌즈를 빼면 시력이 좋아져요. 렌즈가 망막을 눌러줘서 일시적으로 시력의 회복을 돕거든요. 그런데 렌즈를 낀 지 하루가 지나면 시력은 다시 원래대로 돌아옵니다. 그러니까 매일 저녁 렌즈를 끼고 자는 게 가장 좋아요. 낮 동안에는 안경 없이 좋은 시력으로 생활할 수 있는 게 드림 렌즈의 가장 큰 장점인데, 비용이 비싼 게 단점이지요."

의사 선생님은 아주 친절하게 설명하며 드림 렌즈의 가격을 말해주었다. 가격을 들은 엄마는 섣불리 드림 렌즈를 하겠다고 말하지 않았다.

"애 아빠가 지방에 있어서…… 상의해 보고 오겠습니다, 선생
님."

"하리는 안경이든 렌즈든 빨리 착용하는 게 좋아요."

"네, 알겠습니다."

병원을 나서는 엄마의 얼굴에 고민이 가득했다.

하리는 조금 전 병원 카달로그에서 본 드림 렌즈를 떠올렸다. 왼
쪽과 오른쪽을 구분하기 위해 색이 엷게 들어가 있는 렌즈들이 예
뻤다. 예쁜 렌즈를 끼면 예쁜 것만 보일 것 같았다. 드림 렌즈라는
거, 해 보고 싶었다.

하지만 드림 렌즈는 하기 어려울 것이다. 엄마의 얼굴이 말해주
었다. 하리는 늘 그랬듯이 제 마음을 고집하지 않았다.

'안경을 써도 괜찮아. 안경이 더 편할 거야. 드림 렌즈를 안 하는
애들이 더 많아. 많을 거야.'

하리가 병원 건물을 나오며 엄마를 향해 말했다.

"엄마. 나 안경 쓸게."

엄마가 걸음을 멈추고 하리를 돌아보았다.

"뭐라고?"

"안경 쓴다고. 드림 렌즈는 비싸잖아."

엄마가 하리를 말없이 바라보았다. 그리고 한숨을 쉬었다.

"엄마가 알아서 할게. 넌 그런 거 신경 쓰지 마."

"나온 김에 우리 점심 먹고 집에 갈까?"

엄마가 하리에게 물었다. 하리가 고개를 끄덕였다. 둘은 곧 돈가스 가게로 들어갔다. 얼마 만에 엄마랑 같이 밥을 먹는지 모르겠다. 하리는 기분이 좋아서 오빠 앞에서처럼 말이 막 나오려고 했다.

'엄마 있잖아. 우리 반에 수빈이라고 있는데 걔가 최우진 좋아한 다? 급식실에 가서 줄 설 때도 일부러 최우진 뒤에 서고, 도서실에 가서도 최우진 옆을 괜히 빙빙 돌아. 그러면서 최우진이 젤 싫다고 막 큰소리로 말하고. 내 눈에는 다 보여. 바보처럼 말 못하는 거.'

엄마의 얼굴은 여전히 고민으로 가득 차 있었다. 제가 말하는 걸 들어줄 것 같지 않았다. 하리는 입안에서 맴도는 말을 삼켰다. 돈 가스를 꼭꼭 씹어 삼키듯이. 두 사람은 돈가스를 다 먹을 때까지 아무 말도 하지 않았다.

가게를 나오자마자 엄마가 말했다.

"하리야. 먼저 들어가. 엄마 볼일 좀 보고 들어갈게."

"어디 가?"

"아니. 아빠랑 통화하고 금방 갈 거야."

엄마는 하리가 듣는 데서 아빠와 통화하지 않았다. 안방 문을 닫 고 하거나 바깥에서 하고 들어오곤 했다. 둘이 이야기만 하면 싸우 기 때문이라는 것을 하리도 알았다.

하리가 고개를 끄덕였다. 엄마는 곧 휴대폰을 꺼내더니 몸을 돌 려 걸어갔다.

하리는 집으로 왔다. 소파에 앉아 거실 창 너머의 하늘을 바라보왔다. 아까까지도 환했던 하늘이 갑자기 어둑어둑해졌다.

"오빠."

혼자 있을 땐 오빠를 소리 내어 불렀다. 오빠가 병원에 있을 땐 오빠가 집에 올 수 있을 것 같아서 불렀고, 이제는 오빠가 보고 싶으면 불렀다. 날마다 불렀다.

그때였다. 번쩍, 번개가 쳤다. 뒤이어 쿠루루 쿵, 천둥소리도 났다. 하리는 깜짝 놀라 가슴이 쿵쿵 뛰었다. 얼른 텔레비전부터 켰다. 텔레비전 소리라도 들려야 덜 무서울 것 같았다. 그런 뒤에 이불을 가져와 폭 덮은 채 중얼거렸다.

"오빠. 무서워."

오빠는 앙상한 손으로 하리의 손을 꼭 잡아주곤 했다. 하리는 그 손이 좋았다. 앙상해도 따뜻했고 든든했다. 그래서 오빠 앞에선 수다쟁이처럼 말했다.

하리는 오빠를 떠올리며 잠 속으로 빠져들었다. 그때 누군가 나타났다. 비몽사몽 중에 하리는 누굴까, 생각했다. 누군가가 자신의 손에 뭔가를 쥐어 주고 있었다. 하리는 저도 모르게 그 손을 꼭 잡았다. 손이 꼭 오빠 손 같았다.

"하리야. 이거 네 거야."

뒤이어 들리는 목소리까지도.

해가 기울 때쯤 하리는 잠에서 깼다. 이불을 걷고 일어나 앉는데 뭔가가 툭 떨어졌다. 이불을 들춰보았다. 안과에서 본 드림 렌즈

상자였다.

"일어났으면 이불 개야지."

엄마가 하리를 지나치며 말했다. 하리가 엄마를 향해 물었다.

"엄마, 이게 뭐지?"

엄마는 곧 욕실로 들어가느라 하리가 손에 들고 있는 것을 보지 못했다.

그러고 보니 꿈을 꾼 것 같았다. 꿈에서 누군가 제 손에 뭔가를 쥐여 주었고, 그 손을 꼭 잡았다. 하리는 제 손을 내려다보았다. 맞아. 오빠였어. 오빠가 내 거라며 이걸 줬어. 아직 오빠 손의 감촉이 생생했다. 엄마한테 다시 말할까 했지만 관두었다. 오빠 이야기는 이제 하지 않으니까. 하리는 드림 렌즈 상자를 제 방 책상 위에 두고 이불을 갰다.

밤이 되었고, 잠자리에 들 시간이었다. 하리는 침대에 눕는 대신 책상 앞에 앉았다. 그리고 드림 렌즈 상자를 열었다. 한번 껴 보고 싶었다. 낮에 병원에 갔을 때 본 카달로그에 사용법이 나와 있었다. 간단했다. 하리는 상자에서 렌즈 케이스를 꺼냈다. 왼쪽은 보라색, 오른쪽은 연두색이 엷게 빛났다.

"예쁘다."

하리가 렌즈를 한쪽 손끝에 올리고 다른 집게손가락으로 눈을 벌렸다. 생전 처음 렌즈를 껴보는 거라 쉽지 않아 자꾸 실패했다. 여러 번 시도한 끝에 렌즈를 꼈다. 눈 안이 뻑뻑해서 불편했지만 참을 만했다.

"자고 일어나면 시력이 좋아진댔지."

가슴이 둥둥 뛰었다. 잠이 오지 않았다. 하지만 하리는 억지로 눈을 감았다. 빨리 내일이 되어야 시력이 좋아진 걸 확인할 수 있다.

다음 날 아침, 하리가 눈을 떴다. 얼른 일어나 렌즈를 빼고 눈을 깜빡거렸다. 시력이 진짜 좋아졌을까? 하리는 기대에 차 몇 번이고 눈을 깜빡였다.

이윽고 하리가 깜빡임을 멈추고 사방을 둘러보았다.

"와!"

모든 것이 선명했다. 흐릿해서 조금 멀리 있는 것 같았던 세상이 아주 가깝게 다가와 있었다.

"시력이 진짜 좋아졌어!"

"그럼 나도 보이겠네?"

갑작스러운 말소리에 하리의 가슴이 확 오그라들었다. 너무 놀라 몸이 움직여지지 않았다. 잠시 뒤에 눈만 도르륵 굴려 보니 창가에 오빠가 서 있었다.

"악!"

하리가 소리를 질렀다.

"하리야. 오빠야."

이번에는 손으로 입을 막았다.

"보고 싶어 해 놓고 이렇게 놀라면 어떡해."

오빠가 언젠가처럼 씨익 웃었다. 하리는 여전히 놀란 채로 더듬거렸다.

"서, 설마, 드, 드림 렌즈 때문에?"

오빠가 고개를 끄덕였다.

"그럼 이거 오빠가 준 거야? 어제? 꿈에서?"

오빠가 또다시 웃었다.

"꿈 아니야. 그때부터 네 곁에 있었는걸. 네가 못 본 거지."

하리는 이제 손바닥이 욱신욱신 아팠다. 오빠 손을 진짜 잡은 거였다.

"말도 안 돼."

하리는 오빠에게 다가가지도 못하고 그렇다고 물러서지도 않은 채 멍하니 서 있었다. 어제는 손을 잡았고, 지금은 보고 있는데도 믿기지가 않았다. 오빠가 천천히 말을 시작했다. 이번에는 웃지 않았다.

"마지막 날 때문에 그런 거 알아."

"……."

"내가 너무 갑자기 떠났지. 너한테 하고 싶은 말도 있었는데. 미안해."

하리가 머리를 가로저었다.

"오빠가 일부러 그런 것도 아니잖아."

"응. 일부러 그런 건 아닌데, 그래도 미안해. 너한테는 그런 말도 못했어."

"엄마 아빠한테는, 했고?"

하리가 물었다.

"응, 했지. 마지막에, 했어."

갑자기 나빠진 오빠에게 하리는 마지막 인사를 하지 못했다.

"엄마가 미안하다는 말은 서로 하지 말자고 했어. 대신 고생했다고, 가서 행복하라고 했어. 다음에 만나면 더 오래 같이 살자고. 그땐 엄마 곁에 더 오래 있어 달라고."

"엄마가?"

오빠가 입술을 말아 물고 턱을 위아래로 움직였다. 한참을 그랬다.

"그런데 아빠는 날 잘못 보내주고……."

말을 끝맺지 못한 오빠가 하리를 보았다.

"너도……."

하리의 시야가 점점 흐려졌다.

"네가 나 때문에 슬퍼서 어제처럼 시력까지 나빠질 줄은 몰랐어. 정말 미안."

오빠가 입술을 깨물었다. 그러다 문득 하리를 불렀다.

"하리야. 내가 너한테 마지막으로 하고 싶었던 말이 뭔지 알아?"

굵은 눈물방울이 마침내 툭 떨어졌다. 하리가 뒤늦게 눈물을 닦으며 고개를 흔들었다.

"네가 하고 싶은 말 전부 다 하라는 거야. 나한테 그랬던 것처럼, 엄마한테도 아빠한테도."

하리의 눈에 다시 또 눈물이 차올랐다.

"엄마 아빠는 어른이라도 몰라. 네가 말 안 하면 아무것도 몰라."

눈물이 또 떨어졌다. 오빠가 가볍게 한숨을 쉬더니 아까처럼 웃으며 말했다.

"너 나 때문에 못했던 거 다 하라고, 이 바보야."

"나 바보 아니야. 바보 아니란 말야. 어흑흑흑, 으앙."

하리가 이제야 소리 내어 울었다. 펑펑 울었다.

"하리야! 왜? 무슨 일이야!"

엄마가 벌컥 방문을 열고 들어왔다.

"너 왜 그래? 왜 울어?"

"엄마."

"응? 무슨 일이야?"

엄마가 하리를 안고 사방을 둘러보았다. 엄마 눈에는 오빠가 보이지 않는 것 같았다.

"하리야."

엄마가 다시 하리를 불렀다. 어서 무슨 일인지 말해 보라는 것 같았다. 하리는 엄마 뒤에 있는 오빠를 보았다. 오빠가 웃으면서 고개를 끄덕였다. 어서 네 마음을 이야기 해. 이제 해 봐. 오빠가 소리 내어 말하지 않아도 하리 귀에는 오빠의 말이 다 들렸다.

하리가 마침내 말했다.

"엄마, 나 드림 렌즈 껴 보고 싶어."

"응? 너 그거 땜에 울었어?"

그건 아니었지만 하리는 고개를 끄덕였다.

"그래. 알았어. 하리야. 알았어."

엄마가 우는지 웃는지 분간할 수 없는 목소리로 대답했다.

엄마 뒤에서 오빠가 손을 흔들었다. 잘 있어, 이제 진짜 안녕. 하리는 오빠를 향해 고갯짓을 했다.

"고마워."

하리가 오빠를 향해 말하자, 오빠가 완전히 사라졌다.

"고맙긴. 엄마가 고맙지. 네가 이렇게 말해주기를 얼마나 기다렸는지 아니?"

엄마가 다시 한 번 하리를 안았다. 이번에는 하리도 엄마를 마주 앉았다.

월요일 저녁, 하리는 퇴근한 엄마와 함께 안과를 찾았다. 다시 시력검사를 한 뒤에 드림 렌즈를 맞추기 위해서였다.

"어? 이상하네요."

"네?"

"하리의 시력이 정상입니다. 그땐 분명히 시력이 나빴는데⋯⋯."

의사 선생님은 며칠 전 진료 기록을 보면서 어리둥절해 했고 엄마도 마찬가지였다. 웃고 있는 사람은 하리뿐이었다.

김서나경

아이들이 채 하지 못한 말
쓰고 싶어

저는 생각을 말하는 게 늘 어렵고 어색했습니다. 책을 좋아하면 말도 잘하게 된다던데, 저는 그렇지도 않았어요. 낯선 사람들 사이에 있으면 더더욱 머릿속이 하얘졌습니다. 하지만 글로는 조금 더, 말보다는 더 표현할 수 있었어요.

시작이 그래서인지 자기 마음을 말로 잘 표현하지 못하는 아이들을 자주 생각했어요. 하리처럼 늘 괜찮다고 하는 아이의 마음이나 입을 꾹 다물고 머리만 도리도리 흔드는 아이의 마음, 입을 달싹이며 더듬더듬 한 마디씩이라도 말해 보려 하는 아이들의 마음을요. 아이들을 실제로 만날 때엔 혹시 말이 아니라 다른 것으로 말하고 있지는 않은지 더 살피고자 했고 더 귀 기울이고자 했습니다. 긴 기다림도 지루하지 않았습니다.

아이들이 채 하지 못한 말들을 이야기로 쓰고 싶었습니다. 누구에게나 하지 못한 말들은 있는 법이고, 하고 싶어도 나오지 않는 말들이 있으니까요. 그 모두가 이야기가 되고, 나아가 이야기로 위로받을 수 있다고 생각합니다.

부족한 글을 뽑아주신 심사위원 선생님들께 깊이 감사드립니다.

믿어볼 테니 한번 써보라는 격려라 여기고, 열심히 공부하여 쓰는 것으로 보답하겠습니다.

동화의 세계로 이끌어주신 어린이책작가교실 정해왕 선생님, 진지하고 성실한 자세로 늘 자극을 주는 어작교 글벗들, 믿어주고 지지해주는 나연과 강약, 진 선배와 민정에게 무한한 감사의 마음을 전합니다. 마지막으로 존경하는 엄마 서옥순 여사와 저를 견뎌주고 토닥여주는 남편 이상문, 못난 엄마를 품어주는 두 아이 송하, 은송에게 사랑과 감사를 전합니다.

죽은 오빠와의
이별 애틋하게 표현

응모한 작품의 이야기감은 비슷했고, 풀어나가는 과정과 결말도 크게 다르지 않았다. '소재의 가난함'보다 '소재의 재해석'에 따른 고민이 덜 돼서 돋보이는 작품이 많지 않았다고 생각된다. 또 하나의 문제점은 정형화된 캐릭터다. 엄마는 그악스럽고, 화 잘 내고, 소리 지르고, 냉정하며, 모질다. 아빠는 실패자요, 무능력, 무기력하다.

그 가운데에 글솜씨가 수준작이며 이야기 흐름이 자연스러운 '평강과 온달 아가씨', 아이들의 마음 움직임과 갈등을 섬세하게 표현한 '원 플러스 원', 죽은 오빠와의 심리적·정서적 이별의 애틋한 과정을 따뜻한 허밍처럼 들려주는 '드림 렌즈'가 본선에 올랐다. 고민 끝에 동화만이 드러낼 수 있는 '어린이에 대한 시선'을 친절하게 표현한 '드림 렌즈'를 택했다.

심사위원 노경실(동화작가)·원종찬(아동문학평론가)

매일신문

신은주

1978년 대구에서 태어났습니다.
초등학교 교사이며 대구교육대학교에서
그림책 강의를 하고 있습니다.
2023년 〈매일신문〉 신춘문예 동화부문에
당선되었습니다.
sej6558@naver.com

달나라 절구를 찾아라!

신 은 주

"이러다 하늘이 무너지고 말걸세."

"진짜야?"

"달토끼의 명예를 걸고 맹세하지."

토끼는 달에서 소원을 빻는다고 했다. 사람들이 달을 보고 빈 소원 말이다. 곱게 빻은 소원 가루를 '후' 불어 우주로 날려 보내면, 소원을 빈 사람을 비추어주는 별이 만들어진단다.

그런데 내 소원을 빻다가 절구가 깨졌다는 거다.

"별을 만들지 않으면 하늘이 어두워지네. 어두워진 하늘은 무거워지고, 점점 무거워진 하늘은 결국……."

토끼는 말을 잇지 못하고 눈물을 훔쳤다. '하늘이 무너져도 솟아날 구멍이 있다'는 속담이 있지만 정말 하늘이 무너진다면 그건 그냥 끝인 거다. 절대 안 된다. 나는 아직 못 해본 게 너무 많다. 프리미어 리그 직관도 못 해봤고, 키가 딱 1cm 모자라서 시속 104km

롤러코스터도 못 타봤고…….

"빨리 새로운 절구를 찾아야 하네."

토끼가 창밖을 내다보며 한숨을 쉬었다. 기분 탓인지 하늘이 무겁게 느껴졌다. 그때 덜컥덜컥 방문 손잡이가 들썩였다.

"형아, 문 열라니까!"

또 동규다.

"윤정우, 당장 열어!"

엄마까지 합세했다. 이러면 상황 종료다.

"문 잠그지 말라고 했지. 동생이 보고 배우잖아. 이거 마시고 동규랑 놀고 있어. 엄마 나갔다 올 테니까."

엄마는 내 방에 있는 토끼가 보이지 않는지 할 말만 하고 돌아섰다. 동규도 엄마 뒤에서 그저 히죽거릴 뿐이었다.

"너, 나한테만 보이는 거야?"

"지금은 그렇네."

나한테만 보이는 토끼라니! 내가 좀 특별해진 느낌이다.

"이건 뭔가?"

토끼는 엄마가 두고 간 컵을 가리켰다.

"생과일 주스야. 엄마가 갈아서 만든. 아!"

역시 나는 똑똑하다. 이렇게 빨리 해결책을 찾다니.

"이리 와봐. 내가 최첨단 절구를 보여줄게."

토끼를 데리고 부엌으로 갔다. 조리대 위에 엄마가 쓰고 난 믹서가 놓여 있었다.

"이게 바로 절구야. 요즘은 다 이걸 써. 힘들게 빨을 필요가 없지. 버튼만 누르면 끝. 어때?"

토끼 표정이 어두웠다.

"그런 방법으로는 안 되네. 별이 하늘에 닿자마자 흘러내릴걸세. 진짜 절구로 천천히, 정성껏 빨아야 한다네."

쳇, 꽉 막힌 토끼 같으니라고. 그렇다면 그까짓 절구 사면 된다. 나는 스마트폰으로 절구를 검색했다. 돌 절구, 나무 절구, 플라스틱 절구……. 여러 가지 절구가 끝도 없이 쏟아져 나왔다.

"세상에나, 이게 다 뭔가?"

토끼가 화면을 향해 자꾸 손을 뻗었다.

"어휴, 이거는 그냥 보는 거야. 마음에 드는 걸로 골라봐. 지구에 온 기념으로 하나 사줄게. 너무 비싼 건 안 돼."

"돈을 주고 절구를 산다니 말도 안 되네."

토끼가 고개를 절레절레 흔들었다.

"그럼 어쩌라고!"

나도 소원 많이 빌었는데. 혹시 동생 생기게 해 달라는 소원 때문에 동규가 가족이 된 걸까?

지난봄 엄마가 진지한 얼굴로 물었다. 사정이 있어 부모님과 떨어져 살아야 하는 아이가 있는데 나만 좋다면 우리 가족이 될 수 있다고. 나는 남동생이면 무조건 찬성이라고 했고 엄마, 아빠는 활짝 웃었다. 그렇게 다섯 살 동규는 가족이 되었다.

"절구, 절구, 절구……."

절구 타령이 또 시작되었다. 무슨 방법이 없을까? 나는 삼총사 대화방에 톡을 날렸다.

나

절구 있는 사람?

호비니

웬 절구?

짱승훈

할머니 집에서 봤는데.

맞다! 우리 할머니한테도 절구가 있었지. 옛날에 할머니가 봉숭아 꽃잎을 찧어서 손톱에 꽃물을 들여주셨었다. 그때는 동규가 없었고, 엄마는 내 차지였다. 동규가 처음부터 미웠던 건 아니다. 동규가 우리집에 오고 나서부터 그 애 물건이 점점 늘어났다. 어느 날 동규 장난감 자동차가 내 발에 걸렸고, 짜증이 나서 발로 차버렸는데 하필 동규 머리에 맞았다. 그렇게 세게 맞은 것 같지도 않은데 동규는 큰소리로 엉엉 울어댔다. 엄마는 나를 혼냈다. 장난감을 제자리에 두지 않은 건 동규인데. 그때 생각을 하니 또 화가 치밀었다.

엄마가 올 때까지 기다릴 수 없었다.

"엄마, 할머니 절구 어딨어?"

"그건 왜?"

"어…… 준비물."

나도 모르게 거짓말이 술술 나왔다.

"준비물이라고? 너 똑바로 들은 거 맞아? 나중에 집에 가서 이야기해."

엄마한테 괜히 물었다.

"절구 찾으러 나가세!"

토끼가 안절부절못하고 방안을 왔다 갔다 하는 바람에 정신이 하나도 없었다.

"너 때문에 생각을 못 하겠잖아! 계획은 있어? 무턱대고 나가서 어떻게 할 건데!"

토끼에게 화풀이를 했다. 토끼는 귀를 축 늘어뜨리고 바닥에 웅크리고 앉았다. 허리에 동여맨 절굿공이가 거추장스러워 보였다.

혹시나 해서 우리 동네 나눔 장터 사이트에 들어가 봤다. 운이 좋으면 원하는 물건을 찾을 수 있다. 검색창에 '절구'를 입력하고 엔터 키를 눌렀다.

'제발!'

절구 무료 나눔. 언제든 연락 주세요.(010-XXXX-XXXX)

나이스! 절구를 찾았다. 올라온 사진을 보니 책에서 본 옛날 절구처럼 생겼다. 이번에는 토끼 마음에 쏙 들 것 같았다.

'네 시, 그린 아파트 놀이터 입구.'

약속 시간과 장소가 정해졌다. 큰길만 건너면 바로다.

"같이 가."

막 나가려는데 거실에서 TV를 보던 동규가 따라나섰다. 그냥 무시하고 신발을 신었다.

"내가 다 봤거든."

토끼를 말하는 걸까? 녀석이 뭔가 알고 있나 싶어 속이 뜨끔했다.

"종일 폰만 하잖아. 엄마한테 다 일러."

"이게 어디서 협박이야?"

나는 동규 눈앞에 주먹을 들이대고는 재빨리 집을 나왔다.

생각보다 훨씬 크고 오래된 나무 절구였다. 토끼한테 딱이다.

"멋지지? 한번 찧어 봐."

토끼는 미심쩍은 눈으로 절구를 요리조리 살폈다.

"안 되네. 이 절구는 우리나라 것이 아닐세."

"장난쳐? 절구가 필요하긴 한 거야?"

결국 절구 주인에게 다시 연락을 했다. 사람을 이렇게 난처하게 하다니. 토끼가 너무 얄미웠다. 꼭 동규 같았다.

"형아, 나랑 놀자."

호랑이도 제 말 하면 온다더니 동규가 와있었다. 또 몰래 나를 따라온 게 분명하다.

"저리 가."

"놀자, 형."

"부르지 말라고!"

"혀엉, 형!"

동규는 조금도 기죽지 않고 계속 졸라댔다.

"정우야! 동규도 있네."

호빈이랑 승훈이다. 이제는 친구들도 동규를 안다.

"오늘 보니까 둘이 닮았다."

"진짜네. 근데 정우 아빠랑도 닮지 않았어?"

"그렇네. 가족끼리는 닮는다더니 정말 신기하다. 너희 운명인가 보다."

"됐거든!"

내가 동규랑 닮았다니 말도 안 된다. 동규는 진짜 동생이 아니다. 내 속도 모르고 동규가 빙글빙글 웃었다.

"왜 웃어?"

"운명이래."

이 자식이…… . 동규의 말이 내 마음을 콕콕 찔렀다. 녀석한테서 벗어나고 싶었다.

"편의점까지 달리기 시합하자!"

내가 먼저 출발했다.

"너 반칙이야!"

호빈이랑 승훈이가 툴툴거리며 쫓아오기 시작했다.

"같이 가, 형!"

"동규도 데려가게!"

'동생 따위 필요 없어. 토끼도 내 알 바 아니야. 나는 그냥 평범한 11살이라고. 지구를 구하는 일을 내가 어떻게 해.'

나는 돌아보지 않았다. 친구들과 편의점에서 컵라면을 사 먹고 게임을 했다. 실컷 놀다 보니 어느새 날이 어둑해졌다. 엄마한테서 톡이 와있었다.

'엄마 좀 늦어. 동규는 뭐하니?'

아, 동규를 잊고 있었다.

동규가 사라졌다. 집에도 없고 놀이터를 샅샅이 뒤졌지만 찾을 수 없었다. 동규를 잃어버렸다고 하면 엄마가 뭐라고 할까. 이렇게 될 줄은 몰랐다. 이게 다 토끼 때문이다. 눈에 띄기만 하면 귀를 꽁꽁 묶어버릴 테다. 절굿공이도 뺏어버려야지.

"귀도 절굿공이도 안 되네."

토끼가 동규와 나란히 어깨동무를 하고 나타났다. 나한테만 보인다고 할 때는 언제고.

"하도 울어서 내가 나설 수밖에 없었네."

"형, 이거 완전 맛있어! 한 입 먹을래?"

동규가 쪽쪽 빨던 아이스바를 나한테 내밀었다.

"저리 치워!"

아이스바가 모래 위에 떨어졌다. 그러려고 한 건 아니다. 동규가 아이스바 막대를 단단히 잡고 있지 않아서다.

"엄마한테 이를 거야!"

"네 엄마도 아니잖아!"

참고, 참고, 또 참았는데 내가 그 말을 해버렸다. 동규는 나를 노려보더니 휙 돌아섰다. 그러고는 토끼와 손을 맞잡고 집으로 가버렸다.

"토끼야, 이거. 내 선물이야."

동규 절구다. 녀석이 우리집에 올 때 가져온 장난감이다. 공룡 스티커가 덕지덕지 붙은 연녹색 플라스틱 절구는 손때가 묻어 꼬질꼬질했다. 저걸 토끼에게 준다고? 나중에 분명히 후회할 텐데.

"드디어 찾았다네!"

절구를 본 토끼의 눈빛이 달라졌다. 동규는 정말 철이 없다. 진짜 엄마랑 갖고 놀던 장난감이라던데. 그건 엄청 소중한 거다.

"토끼야, 이건 동규 장난감이야. 진짜 절구를 찾아야지."

내가 절구를 가로챘다.

"내가 찾던 절구라네. 이리 주시게!"

토끼는 물러서지 않았다.

"바보야! 이걸 왜 줘?"

"달나라 절구를 구해주면 소원을 들어준댔어. 그리고 나 장난감 많아."

동규가 장난감 상자에 든 것들을 와르르 쏟아냈다. 너덜거리는 고무 딱지, 한 쪽 팔이 없는 로봇, 유행 지난 몬스터 카드……. 내가 준 거지만 진짜 허접한 것들인데 그걸 전부 갖고 있었다.

결국 절구는 토끼 손에 넘어갔다. 토끼는 허리에 차고 있던 절굿공이를 꺼내어 높이 치켜들었다.

"쿵, 토도동 동동동동……."

맑은 소리가 마음 구석구석까지 울려 퍼졌다. 장난감 절구에서 나는 소리라니 믿을 수 없었다.

"웃음이 가득 담긴 절구, 나쁜 소원에도 끄떡없겠다네."

"나쁜 소원?"

"좋은 소원은 절구를 더 튼튼하게 만들지만, 나쁜 소원은 절구를 상하게 한다네. 자네가 빌었잖아. 동규가 사라지면……."

나는 토끼 입을 급히 틀어막았다. 나 때문에 절구가 깨진 게 맞았다.

"동규, 소원을 말해 보게. 달에 가서 제일 먼저 빻아줄 테니."

동규가 토끼 귀에 뭐라고 속삭였다. 토끼는 고개를 끄덕이며 빙그레 웃었다.

"난 이만 가야겠네. 소원이 엄청나게 밀려있겠군."

토끼는 절구를 안고 창문 밖으로 성큼성큼 걸어나갔다. 하늘이 토끼를 단단히 받쳐주는 듯했다.

토끼가 돌아간 뒤로 밤하늘이 더 밝고 높아졌다. 나도 좀 달라졌다. 글쎄, 동규랑 노는 게 재미있다. 매일매일 같이 논다. 어떨 때는 내가 놀아주는 게 아니라 동규가 나랑 놀아주는 것 같다. 동규가 빈 소원이 뭔지 이제 알겠다.

당선소감

신 은 주

달은 제 소원을 너무도 안 들어줬습니다. 그래서 소원 비는 것을 그만뒀습니다. 생일 촛불을 불 때도 소원을 빌지 않았습니다.

그러다 문득 생각이 들었습니다. '내가 나빴어. 너무 내 욕심만 부렸던 거야.' 나 자신을 위한 소원만 줄기차게 빌었으니 달이 외면할 만했습니다. 그래서 지구 평화, 모두의 행복 같은 아주아주 커다란 소원을 빌기 시작했습니다. 왠지 제가 좀 괜찮게 느껴졌습니다. 그때쯤 이야기 하나가 생겨났습니다. 이야기는 여럿의 사랑을 듬뿍 받고 무럭무럭 자라나 멀리 여행을 떠났습니다. 그리고 목적지에 잘 도착했다는 소식을 전해왔습니다.

십여 년 전 그림책에서 시작된 이야기 씨앗이 동화에서 먼저 움텄습니다. 동시에 어두컴컴한 방에 살고 있던 제 그림자가 살며시 문을 열고 나왔습니다. 나를 좀 봐 달라고, 너의 지금은 나로부터 나왔다고. 나는 고개를 끄덕일 수밖에 없었습니다.

재밌고 튼튼한 이야기들이 하늘 높이 쑥쑥 자라나 세상을 떠받치는 기둥이 되는 상상을 해봅니다. 이야기 기둥은 모양과 색깔이 제각각이지만 하나의 목표를 가지고 있습니다. '이야기로 어린이들을 지켜라!' 이야기 기둥으로 쓸 수 있으려나 매일 밤 요리조리 들여다보다가 용기 내어 제 것을 꺼냈습니다.

거칠거칠하지만 여기 한번 세워보라며 제 이야기가 설 자리를 만들어주신 매일신문 신춘문예 심사위원님께 감사의 마음을 전합니다. 훌륭한 동화 선생님이자 제 인생의 멘토이신 서화교 작가님께 감사드립니다. 글벗과 그림책 벗들께도 감사드립니다.

어린 나에게 소년소녀 세계문학전집을 사준 부모님께 감사의 인사를 전합니다. 하나뿐인 내 동생 신진영, 그리고 고약한 저를 참아준 사랑하는 가족과 함께 이 기쁨을 나누겠습니다.

명랑 참기름집 안 명랑한 첫째 딸이 드디어 꿈을 이루었습니다. 고소하고 반들반들 윤이 나는 글을 쓰겠습니다.

딴청 부리며 전개 풀어내는
이야기꾼 반갑다

많은 동화가 접수되어서 아직도 동화를 쓰는 분들이 많은 사실에 감사했다. 이제 더 이상 책은 매력적인 매체가 아니라고들 하는데 어린이들에게 좋은 이야기를 들려주려 애쓰는 분들이 이렇게 있는 한 우리에게는 희망이 있다. 어린이들은 즐겁고 모험이 가득 찬 이야기를 언제나 들을 준비가 되어 있다. 이번에 응모된 이야기들의 소재를 보면 세대 간의 소통, 반려동물 이야기, 우정과 따돌림, 미래배경의 SF이야기 등이 많이 눈에 들어왔다.

작품을 고르는 기준은 이러했다. 첫째 어린이가 즐겁게 읽을 수 있는 글인가. 둘째 어린이들이 읽고 나서 친구들에게 읽어보라 권할 글인가. 셋째 어린이들이 읽고 나서 마음 속에 어떤 느낌이 남아 나중에 한 번 더 읽고 싶은 글인가.

'달나라 절구를 찾아라!'는 그 중에 가장 높은 점수를 받았다. 달토끼 이야기는 수많은 동화에서 그림책에서 등장한 소재였다. 그런데 이번 달토끼는 달랐다. 처음부터가 긴장감이 있었다. 약이나 떡이 아니라 소원을 빻는 토끼인데 절구가 깨졌다. 이건 큰 일 아닌가. 이 사태를 어찌 수습할 것인가. 약은 약국가서 구하고 떡은 떡집 가서 사면 되는 세상이라 괜찮은데 소원은 빻는 절구는 어디에도 없으니 말이다. 절구를 찾다 동생을 잃어버리는데 그 동생은 입양한 동생이다. 절구가 깨진 이유는 내가 나쁜 소원을 빌었기 때문이란 걸 알게 된다. 사건들도 흥미롭지만 사건의 해결방법도 독자의 허술한 예상을 빗나간다. 갈등과 깨달음의 전개를 이렇게 딴청을 부리며 풀어내는 이야기꾼이 반갑기만 했다. '원시인이 어때서'도 재미나게 읽은 작품이었는데 조금 더 밀집도 있는 이야기로 구성했으면 하는 아쉬움이 있었다.

이미 이야기는 많지만 독자들은 늘 새롭고 멋진 이야기를 기다린다. 새로이 출발하는 이야기꾼이 앞으로 우리에게 보여줄 흥미로운 모험을 기다리며 응원한다.

심사위원 임정진(동화작가)

무등일보

이 윤 정

1995년 충남 홍성 출생
공주교육대학교 졸업
2023년 무등일보 신춘문예 동화부문 당선
lyj0429@naver.com

마기꾼

이 윤 정

학원에 다녀와 현관문을 열자마자 나를 보는 엄마 표정이 이상했다. 콧잔등을 구기며 뭔가 골똘히 생각하는 것 같았다. 내가 그 표정을 보고도 아무 말 없이 방에 들어가려고 하자 엄마가 나를 불러 세웠다.

"배솔지, 요즘 너 점심시간에 밥을 안 먹고 거의 다 버린다고 선생님한테서 연락 왔더라. 너 왜 밥을 안 먹고 그러니?"

선생님은 또 왜 그런 것까지 엄마한테 알려주시고 난리야. 짜증이 나서 표정이 일그러지려는 것을 애써 바로잡고 말했다.

"그냥, 점심시간에 배가 별로 안 고파."

나는 거짓말에 영 소질이 없다. 이렇게 거짓말을 해야 할 땐 안들키기 위한 나만의 방법 두 가지만 생각했다. 목소리 떨릴 수 있으니까 짧게 말하기. 엄마랑 눈 마주치지 않기. 둘 중에 하나라도 놓치면 엄마는 1초만에 내 거짓말을 알아챘다.

분명히 내 대답을 들었을텐데 엄마가 불안하게 아무 말도 안 했다. 어느새 땀이 밴 손바닥을 바지에 문지르며 슬쩍 엄마 표정을 살폈다. 엄마는 안 그래도 큰 눈이 금방이라도 쑥 튀어 나올듯했다. 완전히 어이가 없다는 표정이다.

"5학년 되더니 말도 안 되는 소릴 하네. 배솔지, 너 살 찔까봐 그러니? 요즘같이 한참 키 클 때 살찐다고 밥 안 먹고 그러면 키 안 큰다, 너?"

"아니, 진짜로 배가 안 고프다니까?"

내 말을 들은 엄마가 개던 빨래도 다시 바닥에 놓고 자리에서 일어섰다. 어쩔 수 없다. 이럴 땐 일단 물러서야 한다. 더 우겨봐야 엄마한테는 본전도 못 찾는다. 그래도 내가 기분이 상했다는 걸 티를 안 낼 순 없으니, 입술을 삐죽 내밀고 쿵쿵 걸어갔다. 방문을 닫고 침대에 누웠다. 누워서 하얀 내 방 천장을 가만히 봤다. 오늘 봤던 흰 셔츠에 아이보리색 조끼를 입은 내 짝꿍, 연규 모습이 떠오른다.

퍼뜩 몸을 일으켰다. 내 방 화장대 앞에 앉아 거울을 봤다. 내 얼굴을 조목조목 뜯어봤다. 눈 만큼은 그래도 괜찮은 것 같은데, 얼굴형도 약간 네모난 게 신경 쓰이고, 콧대도 낮은 게 마음에 안 든다. 음악방송에 나오는 아이돌 언니들처럼 눈코입 전부 시원시원하게 크고 예뻤으면 좋겠는데. 턱선도 갸름하고 피부도 하얬으면 좋겠는데.

내 방 문고리에 걸려있는 마스크를 집어 들고 다시 화장대 앞에 앉았다. 이번엔 마스크를 쓴 내 모습을 가만히 바라봤다. 마스크를 안 썼을 때보다는 훨씬 나은 것 같았다. 네모난 턱이랑, 영 마음에 안 드는 낮은 콧대가 마스크에 가려지니까 봐줄 만했다. 이 지겨운 전염병이 딱 하나 마음에 드는 건 평소에 마스크를 쓸 수 있다는 거, 딱 그거 하나다.

요즘엔 마스크를 썼을 때가 훨씬 예쁘고 잘 생긴 사람들을 마기 꾼이라고 부른다. 마스크와 사기꾼을 합친 말이다. 마기꾼이라는 말은 처음부터 마음에 들지 않았지만, 나는 확실히 마스크를 쓰면 안 썼을 때보다 몇 배는 분위기 있어 보이는 것 같다. 무엇보다도 내 단점들이 가려지니까 자신감이 생긴다. 인정하고 싶지는 않지만, 나도 마기꾼이 맞는 것 같다.

그때 갑자기 노크 소리가 들렸다. 쓰고 있던 마스크를 얼른 벗어서 화장대 서랍에 넣었다.

"엄마, 노크하고 나서 내 대답 좀 듣고 들어오면 안 돼?"

"알겠어. 앞으로는 그렇게 할게. 그나저나 솔지야, 너 요즘 친구들이랑 무슨 일 있니?"

"응? 친구들이랑?"

"엄마가 가만히 생각해보니까, 친구들이랑 사이가 안 좋아서 네가 점심을 안 먹으려고 하나 싶어서."

엄마 예상은 아예 틀렸다. 아니, 정반대였다. 나는 내 친구들 덕분에 연규에게 내 맨얼굴을 보여주는 걸 막고 있다고 봐도 될 정도다. 의리로 똘똘 뭉친 내 친구들은 학교에 있는 시간 중 유일하게 마스크를 벗어야 되는 시간인 점심시간에 내가 연규 근처에 앉지 않도록 교묘하게 자리를 바꿔주거나 양보를 해주었다. 그때마다 얼마나 고마운지 모른다. 하지만 친구들이 연규랑 먼 자리로 잘 바꿔줘도 연규가 밥을 다 먹고 지나가며 나를 볼까 봐 계속 눈치를 살펴야 한다. 그러느라 요즘 급식을 잘 못 먹는 거다.

"그래? 진짜지?"

엄마가 다시 물었다.

"응. 진짜야. 친구들이랑은 완전 잘 지내. 어제도 학교 끝나고 애들이랑 같이 놀다 온 거 기억 안 나?"

"그래, 그건 알지만, 혹시 몰라서 물어봤지. 그래도 급식 안 먹는 건 안 돼."

"알겠어! 엄마. 이제 급식 잘 먹을게."

나는 말하면서 엄마를 방 밖으로 밀어냈다. 엄마는 나가면서도 뭔가 미심쩍다는 표정이었다. 그럴 만하다. 평소에는 반찬 투정도 잘 안 하고 뭐든 잘 먹는 내가 급식을 안 먹는다니, 엄마 입장에서는 당연히 의심스러울 것이다.

하지만 난 진짜 연규 앞에서는 마스크를 못 벗겠다. 작년 말에 전학 왔다는 연규는 내 마스크 벗은 모습을 한 번도 본 적이 없을 것이다. 지금까지 잘 숨겨왔으니 앞으로 연규가 나에게 호감을 좀 더 가질 때까지 버텨야 한다.

물론 나도 연규의 마스크 벗은 얼굴을 아직 제대로 본 적은 없다. 하지만 일단 눈이 웃을 때 반달 모양으로 휘어지는 게 너무 예쁘다. 연규는 매일 잘 정돈된 머리를 하고, 노트 정리도, 책상 정리도 깔끔하게 한다. 매일 나가서 축구하느라 머리카락이 땀에 젖어 이마에 다닥다닥 붙은 다른 남자애들과는 다르다. 다른 남자애들은 틱

틱대며 말하는 게 듣기 싫은데, 연규는 말투도 상냥하고 나에게 잘 해준다. 마스크 벗은 얼굴은 얼마나 잘생겼을지 자꾸 상상하게 된다. 5학년 되고 나서 처음으로 만난 짝꿍이 최연규였던 건, 아무래도 운명인 것 같다.

하루종일 연규 생각을 하다가 잠이 들면 가끔 연규가 꿈에도 나온다. 내가 가장 좋아하는 빳빳한 하늘색 셔츠를 입은 연규가 나를 향해 웃어준다. 심장이 뛰는 소리가 귓가에 쾅쾅 울린다. 그런데 그때 말도 안 되게 센 바람이 불어온다. 분명 여긴 교실 안이라 이렇게 센 바람이 불 리가 없는데? 아차, 여기 꿈속이지. 그걸 깨닫는 순간 바람은 내 머리카락을 날리다 못해 마스크까지 벗긴다. 한순간에 너무나 편해진 호흡에 흭 하고 숨을 들이쉰 그 찰나, 연규랑 눈이 마주친다. 연규 표정이 점점 굳어간다. 꿈속의 연규는 나에게 한마디 한다.

"너, 이렇게 생긴 애였어?"

"자, 잠시만. 연규야, 연규야!"

악! 하는 소리와 함께 눈을 퍼뜩 떴다. 눈앞에 이상한 표정을 짓고 있는 엄마가 보였다. 내가 꿈속에서만 외친 게 아니라 진짜로 연규 이름을 막 외쳤나 보다. 부끄러워져 얼굴이 빨개진 채로 얼른 이불 밖으로 나왔다. 밥상 앞에 앉아 엄마가 차려준 아침밥을 먹었다. 빨리빨리 씻고 준비를 하고 학교에 갔다. 학교에 가면 연규를 또 볼 수 있다. 요즘만큼 학교 가는 발걸음이 가벼웠던 적이 없다.

학교에 도착하니 연규 신발장은 아직 비어 있었다. 나를 발견한 내 친구 유연이가 나에게 다가와 말했다.

"야, 솔지야. 너 그거 들었어? 옆 반 김세희가 연규 좋아한대."

"뭐라고?"

역시, 연규가 괜찮은 애라는 걸 다들 금방 알아버린 것 같았다. 하지만 나는 연규랑 같은 반이고, 대화도 많이 해봤고, 훨씬 친하다. 별로 신경 쓰이지도 않는다. 이렇게 생각하고 유연이에게 대답하려는데, 복도 쪽 창문 밖으로 연규가 보였다. 그런데 그 옆에 세희가 있었다. 둘이 웃으면서 얘기를 하고 있었다. 머리에 웨이브로 힘을 주고 온 김세희가 갑자기 눈엣가시같이 느껴졌다. 김세희는 솔직히 그렇게 엄청 예쁘지도 않은 얼굴인 것 같은데, 항상 자신감이 넘치는 게 신기한 애였다. 그때 내 옆의 유연이가 한마디를 덧붙였다.

"김세희, 연규랑 같은 아파트, 같은 동, 같은 라인에 산대. 최연규가 거기로 이사 온 거래."

이럴 수가. 난 연규랑 같은 반이고, 게다가 짝꿍이니까 훨씬 친하다고 생각했는데. 심지어 같은 아파트, 같은 동, 같은 라인이라고? 그러면 집에 갈 때 엘리베이터도 같이 타겠네? 갑자기 식은땀이 났다. 김세희가 연규랑 훨씬 더 친할 것 같았다. 마음이 급해졌다.

연규가 세희에게 손을 흔들어 인사를 하고 교실로 들어왔다. 나도 얼른 내 자리에 앉아 연규에게 인사를 했다.

"최연규, 안녕."

"안녕, 솔지야."

연규가 인사를 하며 살짝 웃었다. 연규 눈웃음에 아침의 피곤함이 싹 사라졌다. 나도 모르게 마스크 안으로 헤벌쭉 웃다가 애써 표정을 고쳤다. 그때 우리 반 선생님이 교실로 들어오시면서 크게 인사를 하셨다.

"얘들아 안녕! 오늘 날씨 정말 좋지 않니?"

선생님 말씀에 창밖을 보니 며칠 동안 내리던 봄비가 그쳐 오랜만에 파란 하늘이었다.

"오늘 같은 날은 시간표를 좀 바꿔줘야지. 1교시는 체육으로 하자."

아이들이 저마다 소리를 지르며 좋아했다. 나도 1교시부터 지루한 국어보다는 체육이 훨씬 좋았다.

"선생님, 그럼 저희 체육관으로 가요?"

회장이 질문했다. 선생님은 아이들을 조금 진정시키고 말씀하셨다.

"아니, 오늘은 운동장으로 나가자. 봄 날씨도 좀 느끼고, 너희들 학교 정원에서 사진도 좀 찍어 줄게. 다들 실내화 가방 잘 챙기고."

나를 비롯한 우리 반 아이들은 모두 신이 나서 실내화 가방을 챙겼다. 교실 밖으로 나와 상쾌한 공기를 들이마시니까 기분이 정말 좋아졌다. 선생님은 짝꿍과 함께 요즘 체육시간에 하고 있는 공 주고받기 연습을 하라고 하셨다. 얼마 후에 있을 반대항 티볼 경기를 위해 우리 학년 모두 글러브를 끼고 공을 던지고 받는 연습을 하고 있다. 내 짝꿍은 연규니까 나는 연규랑 연습을 하면 된다.

'나는 연규랑 짝꿍이라 이런 것도 할 수 있다구.'

나는 교실 안에서 수업을 듣고 있을 김세희에게 속으로 말했다. 같은 아파트에 살아서 집에도 같이 가고, 같이 엘리베이터는 탈 수 있어도 이런 건 못할 것이다. 나는 글러브와 공을 들고 와서 연규와 자리를 잡았다. 그냥 공을 던지고 받는 간단한 활동일 뿐인데 정말 재밌었다. 내가 던진 공을 일부러 못 잡는 척하며 장난치는 연규 때문에 엄청 웃었다. 한참 연습을 하고 있었는데 선생님이 조회대 쪽에서 소리치셨다.

"이제부터 한 모둠씩 사진 찍어 줄 테니까 1모둠부터 선생님이 있는 쪽으로 오세요."

나와 연규는 1모둠이라서 곧바로 선생님이 계신 정원 쪽으로 갔다.

"얘들아. 여기 서서 선생님 쪽 보고. 자, 하나, 둘, 셋 하면 찍습니다."

"선생님, 잠시만요! 저희 마스크 벗고 찍으면 안 돼요?"

갑자기 나온 질문에 잠깐 귀를 의심했다. 질문을 한 건 다름 아닌 연규였다.

"이제 실외에서는 마스크 벗어도 괜찮잖아요. 사진 찍을 때만 마스크 벗고 찍어도 되죠?"

내 초조한 속도 모르고, 연규는 태연한 표정이었다. 갑자기 너무 불안했다. 선생님이 제발 안 된다고 하시기만을 바랐다. 선생님은 잠깐 고민하시더니 말씀하셨다.

"그래. 연규 말대로 이제 실외에서는 괜찮으니까, 마스크 없이 찍고 싶으면 그렇게 하렴."

선생님 허락에도 우리 모둠 아이들이 망설이자 연규가 덧붙였다.

"우리 같은 반인데 서로 어떻게 생겼는지도 모르면 좀 그렇지 않냐? 사진 찍을 때만이라도 마스크 없이 찍어보자."

"그러자, 그럼."

다른 아이들이 생각보다 연규의 한마디에 너무 쉽게 넘어갔다. 난 지금 오늘 등장한 김세희라는 라이벌을 이겨야 하는데, 이렇게나 빨리 마스크를 벗고 내 얼굴을 보여주는 건 나에게 너무 불리했다. 도대체 이 상황을 어떻게 피해야 하지? 얼른 머리를 굴려봤다. 하지만 벌써 연규를 비롯한 우리 모둠 애들이 전부 마스크를 벗어서 주머니에 넣고 있었다.

"마스크 안 벗고 싶은 사람은 그대로 찍어도 된다, 알겠지?"

마스크는 만지지도 않고 우물쭈물하고 있던 나를 보셨는지, 선생님께서 말씀하셨다. 그런데 그때 나보다 앞쪽에 있던 연규가 마스크를 벗은 채로 내 쪽으로 고개를 돌렸다.

"솔지야, 너도 마스크 없이 찍자. 우리 딱 한 장이라도 얼굴 나온 사진은 남겨야지."

그때 내가 그런 표정을 지으면 안 됐는데. 내 표정이 조금 굳었던 것 같다. 연규의 얼굴은, 그러니까, 얼룩덜룩했다. 마치 일부분에만 밀가루를 묻혀놓은 것 같은 반점이 마스크로 가려졌던 부분의 얼굴 군데군데에 있었다. 그 얼룩에 정신이 팔려 멍하게 있으니까 연규가 나를 보며 미소를 짓고 말했다.

"야, 사람 얼굴을 그렇게 오래 쳐다보면 어떡해."

나는 퍼뜩 정신을 차렸다. 내가 천천히 마스크를 내리자 연규가 활짝 웃었다. 그리고 입 모양으로 나에게 말했다.

'훨씬 예쁘네.'

나도 모르게 입술을 꽉 깨물었다. 심장이 터져나갈 것 같았다. 나만 빼고 주변이 전부 슬로우모션같이 느껴질 만큼 멍했다. 선생님이 들고 계신 카메라를 보며 웃는 것도 잊었다. 선생님이 외치는 '하나, 둘, 셋!' 소리는 멀리서 울리는 메아리처럼 귓가에 들려왔다.

사진을 다 찍고 다시 운동장 쪽으로 가면서 우리 모둠 중 한 명이 연규에게 물었다. 얼굴에 있는 반점에 대한 질문이었다. 연규는 아무렇지 않게 대답했다.

"아, 그거. 나 태어날 때부터 있던 거야. 나이 먹으면 먹을수록 점점 더 커지더라. 어차피 보여줄 거면 빨리 보여주려고 이렇게 마스크 벗고 찍자고 해봤어."

그 말을 하는 연규를 보는데, 아까 나에게 입 모양으로 예쁘다고 하던 연규 모습이 눈앞에 무한 재생됐다. 최연규, 진짜 생각했던 것보다 훨씬 더 멋있다. 눈웃음만 예쁜 줄 알았는데, 자신감이 연규를 더 멋있게 만드는 거였다.

심장이 너무 크게 뛰어서 온몸이 울리는 와중에도 속으로 한 가지는 진짜 굳게 다짐했다. 오늘부터 무조건 연규 앞에서 점심 먹을 거라는 거다. 이제 마스크는 필요 없다. 마기꾼 탈출이다, 탈출!

당선소감

이 윤 정

"어린이 곁에서 작은 웃음과
위로 선사하는 작가로"

동화작가가 되고 싶어 퇴근 후 밤늦은 시간까지 키보드를 두드리고 있다는 것을 쉽게 꺼내지 못하고 제 속에만 숨겨뒀었습니다. 작가라는 꿈은 저 멀리 우주에 있는 것처럼 막연하기만 했기 때문입니다. 그럼에도 글을 쓰면 쓸수록 어린이 독자들의 반응이 어떨지 자꾸만 상상하고 있는 제 모습을 발견했습니다. 한때는 저도 동화책을 정말 좋아하는 어린이였기에, 그리고 지금은 책 속에 빠져들어 책장을 넘기는 우리 반 어린이들을 마음속 깊이 사랑스럽게 여기는 어른이 되었기 때문에, 동화는 저에게 마치 약속이라도 한 것처럼 다가왔습니다.

당선되었다는 전화를 받고 나서는 한동안 얼떨떨하기만 했습니다. 여러 번 고쳐도 여전히 부족한 글이어서, 작품을 넣은 봉투에 신춘문예 응모작이라고 쓰기 망설여졌던 순간이 떠올랐습니다. 다시 생각해봐도 믿기지 않아 혼자 조용히 감정을 곱씹었습니다. 스스로에 대한 고민이 많았던 지난 몇 해의 숱한 시간들을 더 이상은 속이 텁텁해지지 않고도 떠올릴 수 있을 것 같다는 생각이 서서히 찾아왔습니다. 그제야 느지막이 진심으로 감사하고 기뻤습니다.

　앞으로도 어린이들의 곁에서 조그만 웃음과 위로를 선사할 수 있는 글을 계속 쓸 수 있었으면 좋겠습니다. 언젠가는 제가 쓴 동화책이 여러 어린이들에게 읽혀 겉표지가 낡고 손때 묻어있는 모습을 보게 된다면 더할 나위 없이 행복할 것 같습니다.

　부족한 글에 손 내밀어주신 무등일보 신춘문예 심사위원님, 동화작가로서 첫걸음을 내딛을 수 있게 해주신 한겨레 동화창작교실 신현수 작가님, 글을 나누며 함께 성장하고 있는 동화창작교실 4기 합평 모임 선생님들께 감사합니다.

　소중한 동생 준현, 너랑 나누는 수많은 실없는 대화들이 얼마나 큰 위안이 되는지 넌 모를 거야, 고맙다.

　마지막으로 언제나 묵묵히 저를 응원해주시고 당선 소식에는 누구보다 기뻐하셨던 아버지, 그리고 매주 주말마다 동네 도서관에서 양손 무겁게 책을 빌려와 읽었던 어린 시절에 동화의 재미와 아름다움을 깨닫게 해주었던 어머니께 깊은 감사의 말씀을 전합니다.

아이들 공감하는 외모 콤플렉스
· 자존감 잘 드러내

톺아보는 심정으로 예년에 비해 더 많이 응모된 작품을 살폈다. 전반적으로 문장은 안정적이긴 하나 여전히 동화의 탈을 쓴 자신의 어린 시절 이야기가 빠지지 않았다. 거기에 반복되는 소재, 전형적인 전개 방식의 글이 다수를 차지해 신인의 치열함을 찾아보기가 힘들었다. 부디 소재 측면에서라도 참신함이 돋보이는 작품 쓰기를 권유한다.

그래도 다행히 본심으로 올릴 작품은 나왔다. '그 녀석과 한 시간'은 우연한 계기로 엘리베이터 안에서 위기상황을 맞는 우일이와 병준이의 이야기다. 둘은 한때는 친했으나 사소한 일로 사이가 멀어졌는데 밀폐된 공간에서 서로에게 가졌던 마음을 돌아보며 다시 관계를 회복해간다. 아이들에게 충분히 있을 만한 이야기라 관심을 가지고 읽었다. 하지만 빤한 결말이 아쉬웠다.

'고양이 엄마'는 옛이야기인 우렁각시가 고양이에게 차용된 판타지다. 주인공은 엄마를 잃은 후 한동안 방황하게 된다. 그때 틈틈이 돌봐준 고양이가 어느 날부터 자신의 집에 도우미로 찾아온다. 그로 인해 차츰 안정감을 찾으며 살아갈 힘을 얻게 되는 이야기다. 고양이를 우렁각시로 차용한 발상은 신선했으나, 전체적으로 작품이 설익은 느낌이었다. 조금 더 시간을 들여 손보면 좋은 작품이 될 듯하다.

'어둠을 뚫고 나온 아이'는 우리 사회에 만연된 가정폭력을 다룬 이야기였다. 우선 군더더기 없는 문장이 돋보였다. 장면에 필요한 깔끔한 문장들로 인해 이야기의 힘이 다른 작품들보다는 강했다. 하지만 글의 흐름이 동화보다는 청소년소설에 가까워 고심하다 내려놓았다. 눈높이를 높여 청소년소설로 써보는 것도 괜찮을 것 같다.

당선작으로는 '마기꾼'을 뽑았다. 마기꾼은 마스크와 사기꾼을 합친 신조어다. 소재 자체는 다소 가벼워 보일 수는 있으나 지금 이 시기의 아이들이 가장 공감할 만한 부분인 외모와 콤플렉스 그리고 자존감의 영역을 잘 짚었다. 코로나가 3년째 머물면서 이젠 마스크를 쓰는 것이 당연한 일이다. 신학기 때부터 마스크를 쓰는 바람에 맨 얼굴을 보여주는 것이 더 어색해져버린 아이들. 그 속에서도 주인공 솔지는 풋풋한 감정을 키워낸다. 마스크 아래에 있는 자신의 원래 얼굴에 대한 고민을 남자 친구의 대담한 고백으로 시원하게 해소한다.

그 건강함이 좋아 당선작으로 뽑았다.

'톺아 보다'의 말은 원래 '톺다'에서 나왔다. 가파른 곳을 오르려고 길을 더듬어 찾거나, 빈틈없이 모조리 뒤지면서 찾는다는 뜻이다. 동화작가가 되고 싶은 분들이라면 평소 세상에서 일어나는 많은 일들, 특히 아이들의 일을 톺아 봤으면 좋겠다. 그 끝에 나온 글이 이 시대 아이들에게 꼭 필요한 동화가 되리라 생각한다.

당선자에게는 축하를 낙선자에게는 더 연마할 시간이 주어졌음에 또 다른 의미의 축하를 전한다.

심사위원 임지형(동화작가)

문화일보

노금화

1968년 서울 출생
교육학을 전공하고 독서 논술 수업
창작아카데미에서 소설과 동화 공부
2023 문화일보 신춘문예 동화부문 당선

디노와 덩이 돌보기

노 금 화

송아지는 울지도 않고 웅크리고만 있었다. 이틀을 꼬박 굶었다. 디노가 젖병을 입 가까이 대도 꿈쩍하지 않았다. 오히려 고개를 숙였다. 당장이라도 젖병을 빼앗아 내가 먹여보고 싶었다. 젖병을 송아지 입에 넣기만 하면 될걸. 그것 하나 못하는 디노가 한심스러웠다. 할아버지와 알란은 송아지한테 관심도 없었다. 돌봐야 할 소가 많아서 먹지 않는 송아지 한 마리쯤은 어떻게 돼도 상관없나 보다. 나는 송아지가 태어났을 때부터 신경 쓰였다. 하지만 관심 없는 척했다. 디노가 가까이 있어서 더 다가갈 수 없었다. 얄미운 녀석!

송아지 어미는 새끼를 싫어했다. 삼 일 전, 태어나자마자 젖을 먹으려고 다가오는 새끼를 이리저리 피하고 밀어냈다. 엄청 커다란 어미의 다리 사이에서 송아지는 젖을 빨려고 애썼다. 넘어지고 주저앉았다가도 다시 일어나 젖을 쫓았다. 어미는 발까지 구르며 거부하더니 송아지가 젖을 두세 모금이나 먹었을까, 한순간에 송아지를 걷어찼다. 말 그대로 송아지가 날았다가 바닥에 떨어졌다. 그 뒤로 송아지는 저렇게 웅크리고 주저앉아 꼼짝을 하지 않는다. 갓 태어난 자기 새끼를 차버리다니, 고약하고 나쁜 암소다!

제 새끼의 상태를 아는지 모르는지 암소는 느긋하게 짚만 먹고 있었다. 커다란 눈이 평화롭기까지 하다. 나는 암소 앞에 있는 짚과 사료를 다 치웠다. 기다란 빗자루로 암소의 코를 간질였다. 재채기 시켜서 입에 있는 것마저 뱉게 하고 싶었다. 평안한 표정을 싹 없애고 싶었다. 빗자루로 머리를 치자 암소는 물러서며 피했다. 나는 울타리 밖에서 암소를 따라다니며 괴롭혔다.

"그러다 다쳐."

디노가 언제 왔는지 바로 옆에서 말했다. 어른처럼 말하는 게 재수 없다. 디노는 할아버지 목장에서 일하는 알란의 아들이다. 알란은 태국 사람이고 아주 젊었을 때부터 할아버지와 소를 키우고 있다. 알란은 결혼하기 위해 태국에 다녀온 일 말고는 목장을 오래 비운 적이 없다. 알란의 가족은 목장 옆에 지은 집에서 살고 있다. 알란의 아내이자 디노의 엄마는 혼자 사는 할아버지 집안일도 도와주고 텃밭도 가꾼다. 바쁠 때는 목장 일도 거든다. 결론은 디노는 부모와 같이 살고 있다.

나는 갑자기 할아버지한테 온 것이다. 엄마는 할아버지의 외동딸이다. 엄마는 정리할 시간이 필요하다며 당분간 할아버지 집에 있으라고 했다. 엄마의 정리란 이혼이다. 엄마와 아버지는 자주 싸웠다. 세 식구가 같이 있을 때도 거의 없었는데, 그나마 같이 있어도 즐거웠던 기억은 없다. 바빠서 얼굴 보기도 힘든 아버지는 지금까지 어떤 말도 없었다. 할아버지 집에 온 지 한 달이 지났다. 생각할수록 화난다. 5학년이나 되었는데, 나한테 말 한마디 없이 다 결정된 것이 화난다. 6학년인 디노가 큰 형이라도 되는 것처럼 구는 것도 화난다.

"자. 네가 먹여봐."

디노가 젖병을 내밀며 말했다.

"싫어!"

마음은 그렇지 않은데 반사적으로 말했다. 인심 쓰듯 젖병을 주는 태도가 싫었다. 자기 송아지라도 되는 듯 옆에 찰싹 붙어있던 것도 마음에 들지 않았다. 디노가 다시 말했다.

"내가 계속 먹이려고 했는데 안 먹잖아. 네가 해 봐."

먹이지도 못하면서, 진작 줄 것이지. 하지만 바로 젖병을 받기가 멋쩍었다. 내가 가만히 있자 디노가 걱정스럽게 말했다.

"저러다 송아지가 죽으면 어떻게 해."

그건 절대 안 된다. 나는 젖병을 받아서 들고 송아지한테 갔다. 송아지 입에 젖병을 들이댔지만, 송아지는 고개를 옆으로 돌렸다. 몇 번이고 그랬다. 억지로 젖병 꼭지를 송아지 입에 물리려다 볼에 우유가 튀었다. 옆에 있던 디노가 튄 우유를 손가락에 묻히더니 송아지 입에 재빨리 넣었다. 송아지가 입맛을 다셨다. 이때다 싶어 젖병을 조금 벌어진 송아지 입에 넣었다. 송아지가 덥석 물더니 빨기 시작했다. 아! 디노와 눈이 마주쳤다.

됐어! 우린 눈으로 말했다. 나는 송아지의 머리를 몇 번이고 쓰다

들었다. 송아지가 젖병을 빠는 힘이 손과 팔로 전해졌다. 짜릿했다.

"퍼! 송아지가 젖병을 빨아!"

디노가 알란을 향해 소리쳤다. 사료를 싣고 온 트럭 운전사와 이야기하고 있던 알란이 다가왔다. 알란은 송아지를 지켜보다 말했다.

"수고했어. 수의사 부를게."

알란은 아들 디노보다 한국말이 서툴러서 말을 짧게 했다. 그래도 의사소통은 다 됐다. 디노가 송아지의 등을 쓰다듬으며 말했다.

"송아지가 먹기 시작하면 수의사한테 진료받기로 약속했어."

할아버지와 알란은 송아지의 다리가 골절된 거 같다며, 송아지의 살려는 의지를 보려고 기다렸다는 말도 했다. 나는 어른들도 송아지한테 관심이 있다는 것과 디노가 알란을 '퍼'라고 부른다는 걸 알게 됐다. '퍼'는 태국말로 아버지라는 뜻일 것 같다. 인터넷에서 찾아봐야겠다.

수의사는 송아지의 오른쪽 앞다리에 깁스했다. 깁스한 다리를 뻗은 채 엎드려 잠든 송아지는 커다란 개 같았다. 창고와 축사 사이에 짚을 깔고 송아지를 돌보기로 했다. 디노가 담요를 가져와 송아지한테 덮어 줬다. 닭과 오리가 몰려서 지나가고 고양이가 송아지한테 덮어 준 담요 끝자락에서 뒹굴었다.

"송아지가 우유를 먹어서 다행이다. 얘는 까미야. 내가 길에서 주워왔어."

디노가 고양이 목덜미를 간질이며 말했다. 까만 고양이가 눈을 가늘게 뜨며 갸르릉 소리를 냈다. 개나 고양이를 키우고 싶어 엄마를 졸랐던 일이 생각났다. 처음에는 무조건 안 된다고 했다. 나중에 내가 돌볼 수 있으면 허락한다고 약속했다. 갑자기 디노가 샘나고 처음 만난 날이 떠올랐다.

이곳에 와 처음으로 학교에 갔다가 오는 날이었다. 학교는 동네 입구에 있었다. 아침에 갈 때는 할아버지와 갔지만, 올 때는 혼자 걸어왔다. 봄바람이 아직은 쌀쌀했다. 길 양쪽에 빈 논이 넓게 펼쳐져 있었다. 커다란 가로수들은 가지만 앙상했다. 파란 하늘이 끝없이 이어졌다. 마음이 뒤죽박죽 이상했다.

명절에나 잠깐 다녀갔던 할아버지 집에서 살게 될 줄은 몰랐다. 머릿속이 복잡하면서도 텅 비어 있었다. 가슴에 구멍이라도 뚫렸는지 바람이 숭숭 지나갔다. 멍하게 땅바닥을 보며 걷는데 뭔가가 있었다. 뭐지 싶어 얼굴을 가까이해 들여다봤다. 순간, 뱀과 딱 마주쳤다. 연두색과 검정 주황색이 섞인 긴 몸을 똬리 틀고 있었다. 바로 코앞에! 너무 놀라서 소리도 나오지 않았다. 아무리 작은 뱀이라지만, 어떻게 저걸 몰라봤지. 진짜 정신을 놓고 있었던 게 틀림없다.

내가 엉덩방아를 찧으며 바닥에 주저앉은 것과 디노가 나뭇가지로 뱀을 집어 논바닥으로 던진 것은 동시였다. 먼발치에서만 봤던 이 아이가 할아버지가 말하던 알란의 아들 '디노'라는 걸 바로 알았다. 아침에 학교 갈 때도 디노와 같이 가자는 걸 내가 싫다고 했었다.

"바보냐? 뱀한테 얼굴을 들이대다니! 햇볕 쬐고 있던 녀석이 더 놀랐겠다."

얄밉게 말하는 녀석한테 어떤 말도 하기 싫었다. 부모랑 사는 녀석이 내 마음을 알 리 없었다. 아버지 옆에 늘 붙어있는 녀석, 재수 없었다. 디노는 일하는 알란을 쫓아다니며 뭐라고 계속 떠들었고 가끔 일도 거들었다.

나는 아무 말도 하지 않고 집을 향해 걸었다. 뒤에서 걸어오는 디노도 말이 없었다. 목장 옆에 할아버지와 디노네 집이 나란히 있었다. 나는 현관문을 열며 옆을 슬쩍 봤다. 문손잡이를 잡은 채 내 쪽을 보던 디노와 눈이 마주쳤다. 나는 얼른 집으로 들어갔다. 지금까지 디노와는 학교에서 마주쳐도 서로 모른 척했다.

"……준호? 네가 우유를 먹게 해서 다행이라고!"

디노가 계속 말하고 있었다. 내 이름을 알고는 있네. 나는 마음이 좀 느긋해져서 말했다.

"네가 우유를 맛보게 했잖아."

디노가 씩 웃었다. 피부와 대비되는 하얀 치아가 가지런하게 드러났다. 한쪽에 볼우물도 생겼다. 디노는 까무잡잡한 피부에 눈이 크고 팔다리가 가늘었다. 나와 다른 모습인데 말하는 것만 들어서는 한국 사람 같았다.

송아지는 그새 깼는지 고개를 들고 우리를 쳐다봤다. 디노가 집으로 달려가더니 젖병에 우유를 담아 왔다. 송아지는 앉은 채 젖병을 빨았다. 귀를 바싹 세우고 코를 벌름거리며 두툼한 입을 우물거렸다.

"앞으로는 깁스 풀었을 때를 대비해 서서 먹게 해야 한다."

읍에서 돌아온 할아버지가 말했다.

"다리에 자극을 줘야 뼈도 잘 붙고 근력이 생겨 걸을 수 있단다. 늘어나는 몸무게를 지탱할 수도 있고."

할아버지는 둘이서 잘 키워보라는 말도 했다. 나는 송아지 이름을 지어주고 싶었다. 디노도 생각해 본다고 했다.

디노와 나는 어두워지도록 송아지 옆에 있었다.

송아지는 며칠이 지나도록 앉아만 있었다. 운동시키려 해도 서지 않았다. 몇 번을 일으켜도 금방 주저앉고 귀찮다는 듯 고개를 깊이 묻었다. 송아지는 깁스한 다리를 뻗고 앉아 젖병을 빨고 그대로 엎드려 잤다. 내가 송아지의 등을 안아 올려서 버티게 해도 그때뿐이었다.

"내가 같이 걸어볼게."

디노는 송아지의 배와 등을 끌어안은 채 몇 걸음을 걸었다. 허리 숙인 디노의 이마와 송아지의 콧등에 땀이 맺혔다. 둘이 그러고 있는 게 안쓰러우면서도 웃겼다. 디노가 손을 떼자 송아지는 바로 주저앉았다. 사람처럼 한숨까지 쉬었다. 오리 한 쌍이 우리 앞으로 지나갔다. 보란 듯이 짧은 다리로 유난히 뒤뚱거리며 걸었다. 송아지도 곧 걸을 거다. 이름은 뭐가 좋을까.

　디노와 나는 학교 갈 때도 같이 가고 올 때도 같이 왔다. 약속을
한 건 아닌데 송아지에 대해 말하다 보니 그렇게 됐다. 학교에는 디
노 같은 외국인 아이가 몇 명 더 있었다. 대부분 농장이나 목장에서
일하는 부모와 사는 아이이거나 외국에서 시집온 엄마를 둔 아이였
다. 디노는 잘 웃고 뭐든지 척척 잘했다. 처음에는 디노가 인기 많
은 게 좀 이상했다.

　서울 학교에도 디노와 모습이 비슷한 아이가 있었다. 그 아이는
있는 듯 없는 듯 지냈고, 어떤 아이들은 대놓고 무시했다. 나는 아
예 관심도 없었다. 디노를 처음 봤을 때도 그런 마음이었다. 이곳에
서는 내가 그 아이 같았다. 반 아이들은 나한테 신경 쓰지 않았다.
나는 어차피 잠깐 있다가 갈 곳이라 상관없었다. 아니 그렇게 생각
했다. 디노와 가까워지기 전까지는.

　디노와 같이 다니니까 기분 좋았다. 반 아이들과도 자연스럽게
어울리게 됐다. 디노가 다니는 학원에도 같이 갔다. 동네는 여전히
낯설었지만, 마음은 가벼워졌다. 디노와 함께 있는 게 즐겁고 시간
도 잘 갔다. 크고 작은 나무에는 싹이 진작 트고 풀들도 많이 자라
있었다. 하지만 가로수는 가지만 앙상했다.

　"벚꽃이 피면 엄청나!"

　내 생각을 알았는지, 디노가 눈을 반짝이며 말했다.

　"그래? 그것보다 송아지 이름 말이야, 복덩이 어때? 덩이라고 불
러도 좋고."

"......."

디노는 생각해둔 이름이 있을까? 나는 다시 말했다.

"네가 지은 이름 있어?"

"있긴 했는데……. 복덩이가 좋은데? 복덩이, 덩이!"

어느 순간 덩이가 스스로 두 발짝을 뗐다. 좀 버티는 것 같아 내가 손을 놓은 순간이었다. 디노와 나는 동시에 덩이를 끌어안았다. 한 번 발을 뗀 덩이는 버티고 서서 젖병을 빨았다. 서 있는 게 익숙해지자 젖병을 빨며 당기고 밀기까지 했다. 젖병을 잡은 손에 적당한 힘을 주지 않으면 놓칠 것 같았다. 덩이는 닭을 쫓아다니기도 하고 고양이의 얼굴을 핥기도 했다. 내가 다가가면 알아보고 반가워하는 것 같았다. 디노는 자기를 더 알아본다고 했다. 우리는 시험해 보기로 했다.

"덩이야 이리 와, 이쪽!"

나는 덩이를 향해 말했다.

"휘이익! 이쪽이야, 이쪽! 휘익!"

디노가 나와 일곱 발짝쯤 떨어진 곳에서 소리쳤다. 휘파람까지 불며.

덩이는 우리와 삼각형 모양으로 떨어져 서 있었다. 덩이는 나와 디노를 번갈아 보며 움직이지 않았다. 영리한 녀석! 덩이는 뒤로 조금 물러나더니 주저앉았다.

온 동네에 벚꽃이 활짝 피었다. 디노 말대로 엄청났다. 꽃망울이 맺힌 것을 알았는데, 어느 순간 가득, 확 폈다. 꽃잎이 눈처럼 날리며 길가와 논을 덮었다. 길을 걷는 우리의 머리와 어깨 위에도 떨어졌다. 지금까지 봄마다 벚꽃을 봤을 텐데, 처음 보는 기분이었다. 아름답다! 저절로 아름답다는 말이 떠오르고 엄마가 생각났다. 아버지도. 마음이 또 이상해지려고 했다.

"경주다!"

나는 디노한테 소리치고 냅다 달렸다. 디노가 뭐라고 하면서 뒤따라왔다.

얼마나 달렸을까, 길에 송아지가 한 마리 있었다. 할아버지 목장과 산으로 갈라지는 길에서 한참 내려온 곳이었다. 송아지가 있어서 놀랐는데, 그게 깁스한 덩이라 더 놀랐다. 내가 다가가자 덩이는 뒤로 물러났다. 개처럼 반기기를 기대했으나, 살짝 실망했다. 덩이는 디노와 내가 잡을 수 없는 만큼씩만 멀어졌다. 아직은 뛰지를 못해서 그런 건지 우리와 장난하고 싶은 건지 알 수 없었다. 바싹 다가가면 아예 멀리 가버리거나 괜히 뛰다가 다칠 것 같았다. 적당한 거리에서 지켜보기만 했다. 나는 조바심으로 애타는데 덩이는 느긋했다. 주위를 살피고 날리는 벚꽃잎을 쫓기도 했다.

디노가 논으로 내려가 가로지르더니 나와 반대쪽에 섰다. 덩이를 사이에 두고. 일단 산과 읍으로 가는 길은 막은 셈이다. 마음이 놓였다. 나는 길에 주저앉았다. 덩이가 싫증을 내거나 지칠 때까지 기다릴 작정이었다. 디노도 내 마음과 같은지 아예 다리를 쭉 뻗고 앉았다. 파란 하늘이 온통 벚꽃이고 디노와 덩이가 있었다. 얼마든지 기다릴 수 있다.

"준호! 너랑 같이 있으니까 좋다!"

디노가 큰 소리로 말했다. 나도! 나는 그냥 손만 흔들었다.

덩이가 설사병에 걸렸다. 폭우가 몰려왔다가 간 다음 날부터다. 폭우는 굉장했다. 집안이 들썩거리고 창문까지 흔들렸었다. 축사 곳곳에 비가 들이쳤다. 할아버지가 송아지한테 설사병은 무서운 거라고, 고비를 잘 넘겨야 한다고 했다. 알란이 약을 먹이고 주사도 맞혔다. 우유를 먹이면 안 된다고 해서 젖병에 이온 음료를 넣어 먹였다. 디노 엄마가 끓여준 따뜻한 보리차에 설탕을 타서 먹이기도 했다. 덩이는 배가 고픈지 주는 대로 잘 먹었다. 하지만 먹는 대로 설사했다. 그래도 계속 먹였다. 탈수증을 막기 위해서였다. 알란이 우리한테 덩이를 위해 할 일을 줬다.

디노와 나는 덩이 똥을 열심히 찾고 관찰했다. 수시로 바닥을 살폈다. 설사병이 어느 정도인지 알기 위해서다. 처음에는 물 같던 설사가 삼 일째부터 점점 걸쭉해졌다. 그다음 날부터 우유를 먹일 수 있게 됐다. 젖병을 빠는 덩이의 눈에 물기까지 맺혔다. 덩이가 젖병을 빨며 바싹 다가왔다. 나는 뒤로 물러서며 중심을 잡아야 했다. 자칫하면 넘어질 것 같았다. 덩이는 눈을 동그랗게 뜨고 코를 들이밀며 계속 다가왔다. 그러면서도 힘차게 젖병을 빨았다. 왜 이제야 우유를 주냐며 항의하는 것 같았다. 디노가 옆에서 계속 웃었다.

디노의 엄마가 봄나물 반찬 몇 가지를 갖고 왔다. 할아버지는 그 자리에서 몇 번이나 드셨다. 엄마도 할아버지가 봄나물 좋아하는 걸 알까? 알란은 할아버지가 원하는 걸 바로 알아차렸다. 일할 때 보면 할아버지와 알란은 말 한마디 없이도 손발이 척척 맞았다. 엄마는 저렇게 할 수도 없고 이곳에서 살지도 않을 것이다. 잠깐 다니러 갈 때도 소똥 냄새가 싫다며 집안에만 있다가 후다닥 서울로 가기 바빴다. 나도 그랬었다. 일 년에 두세 번 보는 엄마와 나보다 디노네가 할아버지한테는 더 가족 같겠다. 샘나지만, 인정할 수밖에 없다.

함께 지내다 보니 할아버지에 대해 알게 되고, 그래서 더 좋아졌다. 할아버지는 저녁 식사를 하면 바로 잠들었다. 두세 시간쯤 곯아떨어졌다 일어나면 잠이 안 온다고 했다. 오후에 잠깐 낮잠을 자는 걸로 잠은 충분하다고 했다. 할아버지는 새벽까지 책을 읽거나 뭔가 썼다. 무슨 책인지 궁금했는데, 대부분 시집일 줄은 몰랐다. 그럼 시를 쓰시는 건가?

어쩔 수 없이 왔지만, 할아버지와 디노, 덩이가 있는 이곳이 좋다. 물론 소똥은 여전히 싫다. 그래도 덩이 똥은 참을 수 있다. 똥은 다 똥이지만, 다르다!

"젖 먹으려는 새끼를 발로 차다니 이해할 수 없어요."

덩이의 깁스를 떼는 날 할아버지한테 말했다. 지금보다 작았던 덩이가 날아올랐다 바닥에 떨어지는 모습이 생생했다. 죽을 수도 있었다고 생각하자 가슴이 덜컥했다. 덩이의 눈에서 눈곱을 떼어주며 할아버지가 말했다.

"어미 소가 젖을 먹으려는 새끼를 밀어내는 일이 드물지만, 가끔 있단다. 특히 처음 송아지를 낳은 어미는 젖 먹이는 게 익숙하지 않아서 그럴 수 있지."

할아버지는 덩이의 귀를 당기며 꼼꼼히 살피고 다시 말했다.

"결코 새끼가 싫어서 그런 건 아니란다."

"그래도……."

덩이를 낳은 어미 소가 그랬다는 게 싫다. 부모가 이혼한 아이들을 몇 명 알지만, 엄마와 아버지가 그럴 줄은 몰랐다.

"준호야, 어른도 마찬가지야. 어른이라고 모든 일을 다 알고 잘하는 건 아니지. 실수도 하고."

할아버지가 나를 가만히 보더니 말했다. 나도 안다. 하지만 어른이라는 이유만으로 마음대로 결정하는 경우는 많다. 이번에도 엄마는 여름방학 전에 날 데리러 온다고 했다. 아버지한테도 전화가 왔다. 엄마와 잘 지내라고, 자주 만나러 온다고 했다. 엄마가 언제 데리러 올지, 아버지가 얼마나 자주 날 만나러 올지 알 수 없다. 이곳에 더 있고 싶기도 하고 엄마가 기다려지기도 한다.

이상하다. 시간이 지나고 학년이 올라갈수록 아는 게 많아지는데, 확신할 수 있는 건 점점 없어진다. 복잡해진다. 그렇다고 한숨만 쉬고 있을 수는 없다. 그러기에는 새로운 일과 신나는 일이 많다. 덩이의 목덜미를 쓸어주고 있던 디노와 눈이 마주쳤다. 디노가 씩 웃었다. 어쩐지 내 마음을 다 아는 것 같았다.

알란이 작은 톱을 들고 왔다. 디노와 나는 덩이의 몸통과 다리를 잡았다. 할아버지가 깁스한 다리를 붙잡았고, 알란이 톱으로 깁스를 갈랐다. 덩이의 깁스 뗀 다리는 다른 다리보다 조금 가늘었다. 골절됐던 곳인지 황색 털 위에 가로로 하얀 자국이 남았다. 다리 위쪽에 딱딱한 깁스 끝이 파고든 상처도 있었다. 덩이가 기우뚱하게 서서 고개를 갸웃거렸다. 깁스를 뗀 느낌이 어색한가 보다.

"잘 견뎌낸 훈장!"

디노가 하얀 자국을 가리키며 말했다.

"그럼 이건 영광의 상처구나."

할아버지가 말하며 깁스 상처에 약을 발랐다.

알란이 디노를 넓은 축사에 넣었다. 나는 반대편으로 돌아가서 덩이를 불렀다. 덩이가 냉큼 달려왔다. 저쪽에서 디노가 덩이를 불렀다. 이번에는 덩이가 디노한테로 달려갔다. 덩이는 축사 끝에서 끝으로 몇 번이고 내달렸다. 울타리에 부딪힐 것 같아 마음 졸였는데, 덩이는 정확하게 멈췄다가 반대쪽으로 다시 달렸다. 마른 몸에 배만 볼록한 덩이가 꼬리를 쭉 뻗고 달리는 모습이 우스웠다. 자랑스러웠다.

할아버지가 나와 디노를 불러 덩이 옆에 서게 했다. 찰칵, 우리의 모습이 네모난 사진에 담겼다. 알란이 할아버지와 내가 나란히 있는 사진을 찍었다. 나는 디노의 콧구멍이 커다랗게 나오게 사진을 찍었다. 디노가 내 얼굴에 핸드폰을 가까이해 사진을 찍으려고 했다. 우리는 핸드폰을 들어 올리며 서로 사진을 찍겠다고 난리를 떨었다. 디노와 내가 뛰자 덩이도 덩달아 뛰어다녔다.

당선소감

노 금 화

글을 써도 된다는 '선물'···
감사로 채우고 노력할 것

늦은 오후, 당선 연락을 받았습니다. 통화를 하는 중에도 믿기지 않는 마음과 감사함에 우왕좌왕했습니다. 하루하루 날이 갈수록 실감이 나면서, 귀한 상임을 새삼 알게 됐습니다. 준비가 덜 된 상태에서 덜컥 당선된 것이 부담스럽기도 합니다. 이 마음을 감사함으로 채우고 긍정적인 방향으로 이끌자고 다독였습니다.

'······그건 그저 하루를 살아가는 일일 뿐, 고양이의 눈은 하늘 가까운 곳에 있다는 것을 잊어서는 안 돼······' 어느 작품에서 치열하고 구차하게 살지만, 고결함을 기억하려는 고양이가 한 말을 메모해 뒀습니다. 그 고양이처럼 살고 싶은 마음에 글을 썼습니다. 고민해 완성된 문장 하나, 이야기 하나가 주는 충만감은 무엇과도 비교할 수 없었습니다. 이제는 다른 사람들의 마음도 움직이는 글을 쓰고 싶어졌습니다.

젊지 않은 나이에 왜, 어떻게 글을 쓰게 됐는지 생각하곤 합니다. 생각의 끝과 가슴 안쪽에는 늘 친정엄마가 있습니다. 어렸을 때 외국에 나가신 아버지와 친척들한테 편지를 많이 썼습니다. 귀찮아하는 저를 붙들어 앉히고 엄마는 전할 말을 받아쓰게 했습니다. 불러주는 말을 글로 쓰고도 여백이 많은 편지지에 어떤 내용을 채울지 고민했습니다. 조금 색다른 안부 말과 이야기를 쓰려고 애썼던 기억이 있습니다. 일상과 자연, 마음을 묘사할 단어들을 찾았습니다.

책이 귀하던 때, 처음으로 엄마가 사준 것이 세계문학전집이었습니다. 독서의 즐거움을 알게 됐습니다. 제 문학의 시작은 그 시절이었던 것 같습니다. 너무 일찍 하늘로 가신 부모님께 당선 소식이 전해지길 소망합니다.

묵묵히 응원해준 남편과 유진, 유리 두 딸에게 당선 소식을 전합니다. 오롯한 혼자만의 시간을 이해해줘서 고맙습니다. 사랑합니다.

동리목월문학관의 이채형 교수님 감사합니다. 멀리 이사 온 후에도 '글은 쓰고 있소?' '글 열심히 쓰시오'라고 주신 문자에 올해에야 소식을 전할 수 있게 되었습니다.

오랜 친구인 박혜원 작가에게 소식을 전합니다. 마음은 가까운데, 문학적으로는 높고 멀었던 벗과 조금쯤 가까워진 것이 기쁩니다. 더 노력해서 나란히 걷고 싶다는 희망이 생겼습니다.

그 외에도 일상의 시간을 쪼개 글을 쓰고 있을 문우들과 지인들에게 저의 행운이 전달되길 바랍니다.

특별한 선물을 주신 문화일보와 심사하신 작가님들 감사합니다. 글을 써도 된다는, 계속 글을 쓰라는 뜻으로 알고 노력하겠습니다.

불교신문

고훈실

1966년 제주 출생
서울여자대학교 국어국문학과 졸업
현재–시 창작 강의(전 동서대 평생교육원 시 창작 강사)
저서–시집 3과4(2017)
시문학 신인상(2010), 모래톱문학상(2020),
독도문학상(2020), 등대문학상(2022) 수상
동서문학상 동화부문 가작 수상(2022)
2023 불교신문 신춘문예 동화부문 당선

내가 너를 비출 때

고 훈 실

나는 늘 놀이터를 내려다본다.

"아이참, 이런 달동네까지 왔는데 조금 더 주셔야지."

택시 기사가 동네 사람들과 자주 실랑이했다. 달동네가 무슨 뜻이지? 달이 가까운 동네라는 뜻일까. 달동네의 바쁜 아침이 지나가면 할머니들이 놀이터 근처로 모여들었다.

"이 동네가 좀 높아서 그렇지 경치 하나는 최고야. 시내가 다 보이잖아."

"그럼. 내 80평생 살아도 이렇게 시원한 동네는 없어."

할머니들이 아래를 내려다보며 감탄했다. 나는 늘 고개를 푹 숙이고 있기에 먼 곳을 볼 수가 없다. 밤이 되자 여학생 무리가 내 아래로 모여들었다.

"저 별들 좀 봐. 어쩜 저렇게 반짝일까."

"반달도 너무 예쁘게 떴다. 곧 보름달 되겠지?"

여학생들이 고개를 치켜들고 끝없이 재잘거렸다. 별과 달이 궁금해서 나도 위를 보고 싶었다. 하지만 내 힘으로는 고개를 들 수 없었다.

다음날. 노란 옷을 입은 아이가 엄마와 함께 왔다. 작은 가방을 메고 폴짝폴짝 뛰어다니다 걸음을 멈췄다.

"엄마. 하늘이 파래서 바다 같아요."

아이는 눈을 가늘게 뜨고 위를 쳐다보았다. 엄마가 웃으며 맞장구쳤다.

"그러네. 꼭 바다 같은 하늘이야."

잠시 후 유치원 차가 아이를 태우고 떠났다. 하늘은 어떤 모습일까. 할 수만 있다면 숙인 고개를 쭉 펴서 위를 실컷 보고 싶었다.

'누가 내 고개 좀 펴 줘요.'

웅웅 외쳤지만 아무도 답이 없었다. 아래로 숙인 고개가 한없이 원망스러웠다.

학교를 마친 아이들이 놀이터로 왔다. 아이들이 뛰어다닐 때 햇살 냄새가 퐁퐁 났다. 놀이기구에 싫증 난 아이들은 하나둘씩 모래밭으로 갔다. 아이들이 편을 갈라 모래 싸움을 시작하면 나는 걱정이 앞섰다.

"받아랏."

모래가 날아와 내 몸을 세게 쳤다. 모래가 할퀸 곳마다 쓰리고 아팠다.

"그만 좀 해."

나는 화가 나서 소리쳤지만, 아이들에게는 그저 웅웅하는 쇳소리로 들릴 것이다. 악동들이 한바탕 놀이터를 휘젓고 나면 어느새 저녁이 되었다. 내 얼굴에 환한 불이 켜지면 아이들은 약속처럼 집으로 돌아갔다.

'흥. 못살게 구는 녀석들을 비추고 싶지 않아.'

내 심통에 가끔 불이 안 켜졌다. 아이들은 그럴 때마다 계단에서 넘어지곤 했다.

"이 가로등 고장이 너무 자주 나는데."

동네 사람들이 나를 보며 인상을 찌푸렸다.

"하느님. 정말 너무 하시는 거 아닙니까."

어느 날, 술에 취한 아저씨가 하늘에 삿대질하며 고함을 질렀다. 깜짝 놀랐는지 앞 동 빌라에서 창문을 열고 바라보았다.

"그렇게 빌었는데, 왜 안 들어주십니까."

아저씨는 나를 발로 꽝 찼다. 몸통 여기저기에 시커먼 발 도장이 찍혔다. 밝은 회색이 검은 잿빛으로 변했다.

'흐엉. 이게 뭐야.'

나는 가로등인 게 싫어졌다.

'내가 왜 이런 사람들을 비춰야 하지? 억울해.'

고개를 숙여야 하는 하루하루가 지겨웠다. 이 동네도 사람들도 떠나고만 싶었다.

어느 날 아침, 인부가 흰 팻말을 세웠다.

'동우 3동 환경개선 공사'

부르부릉 요란한 소리가 들리더니 내 옆으로 커다란 포크레인이

왔다. 나는 어리둥절했다.

'뭐 하는 거지?'

포크레인은 이리저리 재다 내 발밑을 마구 파고들었다.

"가로등 잘 뽑아. 제자리에 그대로 세울 거니까."

공사 반장이 큰 소리로 말했다.

"이참에 다른 가로등으로 바꾸지. 이건 고장이 자주 나서."

지켜보던 동네 사람들이 한마디씩 했다.

"앗 조심해!"

인부의 고함이 들렸다. 동시에 방향을 돌리던 포크레인 삽이 내 허리를 세게 쳤다.

"으악."

허리가 우지끈 반으로 접혔다. 머리는 바닥에 닿을락 말락 쳐졌다. 사람들이 웅성거렸다.

"더는 못 쓰겠구먼."

접힌 허리는 거의 끊어지기 직전이었다. 신음소리가 절로 나왔다. 공사 반장이 나를 함부로 걷어찼다.

"폐기물 트럭에 옮겨."

트럭에는 찢어진 현수막부터 의자, 헌 자전거까지 허름한 물건들로 가득했다. 나는 덜컥 겁이 났다.

'어디로 가는 거지?'

트럭은 시내를 벗어나 달리다 한적한 곳에 멈췄다. 철로 만든 높은 창고가 앞을 가로막고 있었다.

인부들은 잡동사니가 널브러진 창고에 나를 아무렇게나 내던졌다.

"아이쿠."

순간, 나는 반으로 동강 나고 말았다. 내 반쪽은 좁은 틈 사이로 속절없이 떨어졌다.

"어떡해 흐엉."

나는 펑펑 울었다. 나를 크고 훤칠하게 만들어 주던 반쪽이었는데.

다음날 창고 문이 열렸다. 연두색 조끼를 입은 인부들이 들어왔다.

"쓰레기소각장으로 보낼 것들 빨리 실어요."

책임자로 보이는 남자가 큰 소리로 말했다.

'쓰레기?'

나는 화들짝 놀라 소리쳤다.

"난 쓰레기가 아니라 가로등이라구요."

"이건 쇳소리가 왜 이렇게 커."

면장갑을 낀 손이 나를 신경질적으로 뒤적이다 구석에 던져버렸다. 이것저것 뒤섞인 물건들이 파란 자루에 실려 나갔다. 점점 주변의 것들이 줄어들었다. 누군가 내 목덜미를 집어 들었다.

'허걱'

나는 눈을 질끈 감았다.

"이거 고물상에 팔면 돈 좀 되겠는데."

눈가에 주름이 많은 인부가 이리저리 나를 살폈다. 그러고는 바닥에 따로 내려놓았다.

'휴우, 살았다.'

인부는 나를 작은 트럭으로 옮겼다. 나는 작은 트럭에 뒤집혀 실렸다. 처음으로 바닥이 아닌 위를 쳐다보았다. 파란 바탕이 끝없이 펼쳐지고 그 위에 흰 솜뭉치 같은 구름이 뒹굴고 있었다. 햇빛이 느껴졌다.

온 세상을 다 비추는 해는 똑바로 볼 수 없을 만큼 눈이 부셨다. 사람들이 말하던 하늘이었다. 나는 하늘을 보고 또 보았다.

'참 아름답다.'

트럭은 고물이 산처럼 쌓여 있는 곳에 나를 부려놓았다. 고물상 안쪽에는 시뻘건 녹물이 흘러내리는 고철로 가득했다.

"끊어진 가로등인데 아직 쓸 만해요."

인부는 한 푼이라도 더 받기 위해 흥정을 했다.

"에이. 그래 봤자 고철인데요 뭘."

고물상 주인이 시큰둥하게 말했다. 그러고는 한참 동안 나를 훑어보더니 인부에게 지폐와 동전을 건넸다. 나는 뒤집힌 채로 다시 고철 더미 위에 얹혀졌다.

밤이 되었다. 밤하늘은 온통 검은 빛이었다. 그런데 자세히 보니 반짝이는 것들이 무수하게 보였다. 여학생이 말한 별이었다.

"밤하늘이 별 밭이네."

나는 신기해서 꿈쩍 않고 별을 쳐다보았다. 멀리서 빛나는 별은 누군가의 꿈을 조각하고 있는 것 같았다. 조금 더 있으니 둥근 것이 떠올랐다. 여학생이 말한 달이었다. 달은 세상 모든 것을 은은하게 비추었다. 조곤조곤 귓속말로 사람들을 위로하고 있었다.

마음이 뭉클해졌다.

'비춘다는 건 아름다운 거구나.'

생각해보니 별과 달처럼 나도 많은 것을 비췄다. 동네와 놀이터를 그리고 내 아래 있는 사람과 강아지를.

나는 다시 가로등이 되고 싶었다. 고개를 숙여 내가 싫어했던 것조차 환하게 비추고 싶었다.

'그때로 돌아갈 수 없겠지.'

반으로 동강 난 몸통 위로 노란 달빛이 쏟아졌다.

고물상 주인이 이른 아침부터 바쁘게 움직였다.

"오늘 제철소 가는 날이니까 서둘러."

나는 제철소란 말에 꽂혔다. 나를 가져 온 인부와 고물상 주인이 하던 말이 떠올랐다.

"제철소 가면 아직 쓸 만한 철도 다 녹여버리잖아요."

"난 시뻘건 불을 볼 때마다 께름칙해. 꼭 쇠 무덤 같아서."

'녹인다. 불. 쇠 무덤.'

별과 달만큼은 아니라도 나도 무언가를 비추고 싶은데. 불길한 생각이 나를 휘감았다.

"자자, 서둘러."

고물상 직원들이 고철을 트럭에 실었다. 세상에서 쓸모를 다한 쇠붙이들이 짐칸에 터엉 텅 쌓였다.

나도 질질 끌려 나와 짐칸 귀퉁이에 실렸다. 부릉부릉 시동이 걸렸다. 나는 하늘을 실컷 보고 싶었다. 하지만 엎어진 자세 때문에 볼 수가 없었다. 차가 덜컹거릴 때마다 있는 힘껏 몸을 뒤챘다.

"잠깐."

다급한 목소리가 차를 세웠다.

"이거 내가 찾던 건대."

꽃무늬 셔츠를 입은 할아버지가 나를 가리켰다. 고물상 주인이 차에서 내렸다. 둘은 한참 얘기하더니 나를 끌어내렸다.

"딱 안성마춤이야."

할아버지는 나를 이리저리 살피며 연신 싱글벙글했다. 그러고는 낡은 오토바이 앞뒤로 길게 묶었다.

'어디로 가는 거지?'

나는 달리는 오토바이에 매달려 주위를 두리번거렸다. 낯선 곳들을 지나 집이 드문드문 있는 곳으로 향했다. 길가에 가로등도 별로 없었다. 한참 뒤 도심에서 떨어진 마을에 들어섰다. 할아버지는 좁고 구불구불한 길을 지나 제일 안쪽 집에 멈췄다. 파란 지붕 아래 석류꽃이 빨갛게 피어있는 집이었다. 할아버지는 나를 내려놓고 눈대중을 했다.

"보자, 조금 잘라야겠어."

'쇠톱으로 토막 낸다고?'

나는 나쁜 상상에 시달렸다.

'앗!'

할아버지는 쇠톱을 내 몸통에 댔다. 싸각싸각 소리에 소름이 쫙 돋았다.

"이쯤이 좋을까."

할아버지가 대문 기둥 여기저기에 나를 갖다 대었다. 몽땅해진 내 모습이 이상했다.

"으흠. 여기가 딱이야."

할아버지는 대문 오른편에 나를 매달았다. 나무까지 덧대어 단단하게 묶었다.

온몸이 조여 왔다. 내가 무엇이 됐는지 궁금했다. 할아버지가 흡족한 표정으로 스위치를 눌렀다.

팟!

내 얼굴에 불이 들어왔다.

'우와! 이게 무슨 일이야.'

내가 다시 가로등이 되다니! 너무 기뻐서 펄쩍 뛰고 싶었다.

"빛도 은은하니 좋구만."

할아버지 얼굴에 미소가 번졌다. 나는 더 힘껏 노란 불빛을 밝혔다.

"올 때가 되었는데……."

어둑해진 마당을 할아버지가 이리저리 서성거렸다. 누군가를 기다리는 것 같았다.

딸그락 딸그락

멀리서 소리가 올라왔다. 잠시 후 어둠 속에서 할머니가 카트를 끌고 나왔다. 할아버지가 한걸음에 달려가 카트를 받았다.

"저건 언제 달았수?"

나를 가리키는 할머니한테서 달달한 냄새가 솔솔 풍겼다.

"할멈 장사하고 오는데, 밤길 밝히라고 달았지."

"꼭 달고나 국자 같네."

나는 노랗고 둥글게 할머니를 껴안았다. 할머니 할아버지는 내 빛을 받으며 집으로 들어갔다. 나는 내 아래를 찬찬히 내려다보았다.

내가 비춰야 할 것들이 하나씩 보이기 시작했다. 마당 귀퉁이 황토 화분에 보라색 꽃이 한 아름 피어있고 그 옆에 고양이가 웅크리고 있었다. 운동화 한 켤레, 하늘색 우산, 대문 밖 계단. 모두 작은 것들이었다. 나는 그들을 가만히 비추었다.

니야옹

고양이가 잠투정하는지 뒤척거렸다. 내 불빛 아래서 모두 단꿈을 꾸는 밤이었다.

고 훈 실

다정한 글 인연들에게
감사하다

도서관에서 나와 집에 가는 길이었다. 가로등이 고개를 숙인 채 일 렬로 서 있는 게 보였다.늘 보았던 풍경인데 순간, 가로등도 고개를 젖히고 하늘을 보고 싶지 않을까? 하는 생각이 들었다. 하루종일 숙 인 머리 때문에 목도 아프고 짜증도 날 것 같고…. 거기에서 이 동 화가 싹 텄다. 당연한 것을 당연한 것으로 보지 않는 청개구리 심리 가 작동한 것이다. 미인은 거울을 싫어하지 않을까? 종이컵은 커피 가 아니라 구름을 담고 싶을지도 몰라 등 가로등이 고개를 들고 하 늘을 볼 수 있는 순간은 슬프게도 고철로 팔려나가는 트럭 위였다. 하지만 누군가를 비추는 일이 얼마나 소중한지, 고개를 숙여 세상을 둥글게 껴안는 일이 진짜 행복한 일임을 거기서 깨닫게 된다. 고통의 쓸모는 바로 이런 데 있지 않을까. 나의 어린 친구들도 가로등처럼 자신의 가치를 알아가면 좋겠다.

시인의 길을 걷다 동화라는 샛길로 접어든 지 3년이 됐다. 쇠미산 딱따구리와 벽오동 나무, 그 곁의 해송이 친구가 되어 동행했다. 샛 길에서 만난 직박구리의 소란, 구름의 합창, 나무들의 허밍이 귓전을

맴돈다. 따뜻하고 행복하다. 작년 이맘때 낙선의 눈물을 씻겨 준 것도 나무와 새 친구들이었다. 코 한번 팽 풀고 어깨 펴고 가라고 쏴아아 휘이잉 딱따다다…. 푸른 잔소리를 해댔다. 동화의 씨실과 날실은 지금도 직조 중이다. 아이들의 이야기를 겨울 방어처럼 생생하게 풀어 놓을 것이다. 아름다운 뒷배가 되어주는 가족과 손 내밀어준 다정한 글 인연들에 고개 숙여 감사드린다.

이야기 전개 솜씨 일품인 작품

동화는 매우 어려운 장르다. 작가의 생각이 맑고 깨끗해야 하고 이를 짜임새 있게 보여줄 수 있는 구성력이 있어야 하며 문장을 간결하게 쓸 수 있는 수련도 필요하다. 첫 줄 첫 문장부터가 큰 실험이고, 이야기를 전개해 나가는 솜씨가 압축적이고 시원스러워야 한다. 그래야 상징이나 비유 같은 숨겨진 의미들이 그 안에 제대로 자리 잡을 수 있다.

'내가 너를 비출 때'가 바로 그런 작품이었다고 생각한다. 삶의 근본적인 문제를 건드리면서도 이를 간명하게, 알기 쉽게 썼다. 이야기를 전개하는 솜씨도 아주 좋았다고 생각한다. 제목도 좋고, 그것이 가로등 이야기라는 것도 동화에 긴요한 의인화의 묘미를 생각하게 한다.

이와 함께 눈여겨본 작품은 '우리가 좋은 친구가 된 이유', '한 방울의 노정', '가로등과 반딧불 루나' 등이 있었다. 모두 좋은 작품들이어서 아쉬움이 남는데, '내가 너를 비출 때'와 견주어 볼 때, 주관적이지만, 약점들이 없지 않았다고 생각된다.

우선, 세 작품이 모두 제목에서 영감을 주는데 다소 부족함이 없지 않았다. 직설적이거나 한자어라거나 곧바로 주제를 연상시키는 제목은 덜 매력적이다. 문장이나 단락을 띄워가는 방식에도 유의할 점이 있다. 첫 시작, 여러 문장이 하나의 단락을 이루는 모양새에도 신경을 써야 한다. 에피소드들을 어떤 것을 어떻게 배치할까에 신경 써야 하는데, 각각의 에피소드가 선명한, 경우의 대표성을 가져야 한다. 그러나 이미 좋은 작품들이므로 조금만 더 정진하시면, 그리고 주관이 다른 심사자를 만난다면 좋은 결과가 있으리라 생각한다. 불교신문의 동화 신춘문예는 해마다 아주 우수한 작품들이 응모되는 좋은 등용문이라고 생각된다. 앞으로 더욱 많은 작가들의 참여를 바란다.

심사위원 방민호(서울대 교수)

서울신문

박미연

1987년 출생
경상북도 의성군 점곡면
한신대학교 문예창작과 졸업
어린이책작가교실 재학
2023년 〈서울신문〉 신춘문예 동화부문 당선
메일 : meiruan86@gmail.com

공기의 전설

박 미 연

공기 알을 던졌다. 알의 간격이 환상적으로 퍼졌다. 제일 멀리 떨어져 있는 알 하나를 집어 살짝 위로 던졌다. 동시에 바닥을 부드럽게 쓸어 공기 알 네 개를 잡았다. 던진 공기 알은 절대로 눈썹 위를 넘기지 않는다. 백두산에 걸리고 말 테니까. 나는 한 번도 백두산에 걸린 적이 없다. 공중에 떠 있던 공기는 마치 자석에 붙듯 내 손에 착 들어왔다.

공기의 신이 있다면 바로 나, 차현석을 두고 하는 말일 것이다. 이젠 다음 단계. 공기 알 다섯 개를 모두 손등에 올렸다. 공기 알들은 원래 자기 자리를 찾은 것처럼 안정감이 있었다. 나는 깔끔하게 꺾기에 성공했다.

"우와!"

동시에 탄성이 흘러나왔다. 벌써 3번 연속 꺾기에 성공했다. 아이들은 나의 빠른 손놀림에 감탄했다. 당연하지, 내가 연습을 얼마나 했는데. 한석봉 엄마가 떡을 불을 끄고 썰었다면 나는 불을 끄고 이

불 위에서 공기 알 던지기 연습을 했다. 엄마가 공기 알 소리가 들리면 방에 들어오니까 문을 닫고 이불 위에서 밤새도록 훈련한 보람이 있다.

"기회 넘겨줄까?"

나는 어깨를 으쓱하며 말했다. 상대편 아이들이 고개를 힘차게 흔들며 끄덕였다. 나는 피식 웃음이 나왔다. 귀여운 것들. 그때 나의 기분을 망치는 소리가 들려왔다.

"야, 차현석! 팀으로 하는 건데 네가 뭔데 네 맘대로 저쪽에 기회를 넘겨줘?"

지영이가 나를 밀치며 말했다. 기껏 무게 다 잡아놨더니. 나는 왕이 궁녀를 바라보듯 말했다.

"나만 믿어라."

나는 지현이를 쓰윽 쳐다봤다. 지현이와 눈이 마주쳤다. 내가 멋지다고 생각하고 있겠지? 지현이가 나한테 고백하면 어떻게 하지? 상상만 해도 좋았다.

솔직히 조마조마하지 않은 건 아니었다. 하지만 사나이가 칼을 뽑았으면 무라도 썰어야지. 예상대로 상대편 아이는 몇 번 가지 못해 공기 알을 놓치고 말았다. 내가 상대편 전략 분석을 잘했다. 기회는 우리 팀 연주에게 왔다. 연주가 잘만 하면 우리 팀은 이긴다.

"연주 파이팅!"

친구들이 응원해주니 연주의 하얀 얼굴에 홍조가 돌았다.

"그냥 끝내버려, 연주야!"

나는 드라마에서 본 형처럼 엄지를 척 들어 올렸다. 연주가 공기를 던졌다. 공기 알의 간격은 나쁘지 않았다. 두 개는 떨어져 있었지만, 나머지 두 개는 붙어있었다. 붙어있는 공기 알 중 하나가 한쪽에 기대어 있었다.

모든 아이들이 숨을 죽이고 연주의 손끝만 바라봤다. 그런데 연주가 가는 손의 방향이 이상했다. 당연히 옆에 있는 공기 알을 골라야 한쪽이 안 기울어지는데 연주가 황당하게도 건들면 바로 기울어지는 공기 알을 집는 것이었다!

"옆에 거! 옆에 거 잡아!"

우리 팀 아이들이 소리 질렀지만 이미 때는 늦었다. 바로 기회는 상대 팀으로 넘어갔다. 우리는 상대 팀이 실수하길 바랐지만, 실수는 없었다. 우리 팀의 패배였다.

"야, 이연주!"

이연주가 실수만 안 했어도, 내가 다 이겨놓은 다 된 밥에 재를 뿌리다니. 처음 팀을 고를 때 팀이 잘못 걸렸다고 생각한 불길한 예감은 빗나가지 않았다.

"넌 눈이 이상하냐? 당연히 옆에 있는 걸 골랐어야지! 어휴, 너 때문에 졌잖아!"

지현이가 보는 앞에서 나도 말을 그렇게 하고 싶지 않았는데 말이 그렇게 나왔다. 연주는 금세 눈에 눈물이 뚝 떨어질 것 같은 그렁그렁한 눈을 애써 감추며 말했다.

"미, 미안해."

이연주가 우니까 조금 미안했다. 나도 사과하는 게 나을까 하는 생각을 했는데 입이 떨어지지 않았다. 지영이는 자기가 강아지도 아닌데 그릉그릉 소리를 내며 말했다.

"야, 너무 말이 심한 거 아니야?"

내가 그렇다고 틀린 말한 것도 아닌데 나를 나쁜 사람으로 몰아가는 것 같아서 기분이 상했다.

"내가 뭐가 심해? 틀린 말 했냐? 실수만 없었어도 우리 팀이 이겼다고!"

"연주가 틀리고 싶어서 틀렸냐? 너는 그럼 실수 안 하냐? 네가 잘난척하면서 기회 안 넘겼어도 우리 팀이 이겼어."

지영이 말이 맞기도 한 것 같았다. 하지만 지기 싫었다.

"나는 실수 같은 거 안 해!"

종이 울렸다. 수업시간이 시작되었다. 씩씩거리며 서로 노려보던 지영이와 나는 각자 자리에 앉았다. 수업 내용은 들어오지도 않았다. 지현이가 나를 소심한 사람처럼 생각하지 않으면 좋겠다. 선생님이 칠판에 판서를 하고 계실 때였다. 내 책상에 기다란 쪽지가 하나 올라왔다. 지영이였다. 필기하는 줄 알았더니 이걸 적고 있었나 보다.

> 1:4로 시합해보자. 넌 실수 안 한다며?
> 진 사람이 떡볶이 사주는거야.

도전장을 받자 마음속에서 뜨거운 것이 솟구쳐 올랐다. 도전을 받아주지. 나는 빨간 펜으로 크게 적어서 선생님이 몸을 돌렸을 때 지영이에게 책상에 올려놓고 눈짓을 했다.

> 1:4로 시합해보자. 넌 실수 안 한다며?
> 진 사람이 떡볶이 사주는거야.
> *그래!*

수업이 끝나고 교실 뒤에서 대결이 시작됐다. 4명의 애들이 나를 바라보고 있었다. 억울했다. 자기들끼리 생각했을 때 잘하는 아이들을 뽑은 것 같았다.

"너희는 4명이니까 기회 2번은 줘. 25년 내기다."

"실수할까 봐 걱정되냐? 그래! 기회 2번은 줄게! 25년 내기 좋아."

지영이의 말에 울컥했다. 넘어가지 말자. 나는 모든 힘을 코 끝에 집중했다. 반 아이들이 재미있는 구경거리가 났다며 우리 주변으로 모였다.

상대편이 먼저 시작했다. 첫 타자는 지영이였다. 지영이가 무사히 꺾기까지 완성해서 5년 점수를 냈다. 나는 조금 초조하긴 했지만 그래도 평정심을 흐트러뜨리지 않았다. 지영이는 다음 1단, 한 알 잡기에서 실수를 했다. 차분히 기다린 보람이 있었다.

이제 내 차례다. 나는 밤에 불 *끄고* 연습하던 그 고요한 순간을 떠올렸다. 모든 잡념이 사라졌다. 순식간에 1단부터 꺾기를 5년씩 5번까지 해냈다. 잠도 안 자고 연습했을 때 20년까지 안 틀리고 2번 성공했었다. 25년까지 안 틀리고 하는 건 처음 있는 일이다. 연습 때보다 잘했다. 나도 내 실력에 좀 놀랐다.

"우와, 대박!"

아이들이 환호했다.

"재수 없어."

지영이가 나지막이 말하는 소리가 들렸다. 나는 그 말이 나의 승전보처럼 들렸다. 온몸이 짜릿했다.

진 아이들이 사 준 컵떡볶이를 먹으면서 집에 돌아왔다. 그 고요한 집중의 순간을 떠올렸다. 진정한 고수란 이런 것인가 싶었다. 공기 대회가 있다면 내가 모조리 그 상을 휩쓸어서 상금으로 엄마가 좋아하는 커피 세트 쿠폰을 사드린다면 공기의 길을 인정해주실지도 몰랐다. 공기 대회를 하는 곳은 없는 걸까?

다음날 나는 또 다른 새로운 대결 상대를 찾았다. 갑자기 아이들이 나 빼고 다 바빴다.

"미안. 나 이제 수학학원 새로 다녀."

"미안해, 나 오늘 영어학원 테스트 있어서 공부해야 해."

아이들이 진 것에 대한 충격이 컸던지 안 하던 공부를 했다. 내가 열심히 길을 들여놓은 공기 알들을 일부러 학교에 가지고 갔는데 대결 상대가 없으니 공기 알을 쓸 수가 없었다.

"진정한 고수는 언제든 준비된 사람일 거야."

나는 하루 종일 학교에서 심심하게 보내다가 집에 와서 혼자 연습했다. 하지만 이젠 5단까지는 너무 쉽게 올라가서 재미가 없었다.

지루해서 침대에 누워 있는데 엄마가 불렀다. 나는 황급히 베게 밑에 공기 알을 숨겼다.

"현석아, 엄마가 두부 사놓은 줄 알았는데, 없네. 그냥 없이 먹을래?"

"아니? 된장찌개에 두부 없이 어떻게 먹어. 내가 사 올게."

심심하던 차에 잘 됐다. 마트는 집 앞 놀이터를 지나면 바로 있어서 놀이터를 지나는데 익숙한 목소리가 들렸다. 학원을 간다고 했던 애들이 놀이터 정자에 돗자리를 펴고 공기를 하고 있었다! 배신감이 들었다.

"야, 여기가 학원이냐?"

다가가서 핀잔을 주려는데 누나들이 보였다. 누나들이랑 대결하는 것 같았다.

"어, 현석이다! 마침 잘 됐다!"

지영이가 다가왔다. 나는 지영이를 배신자처럼 쳐다봤다. 지영이는 아랑곳하지 않았다.

"너 할 일 있냐? 언니들 진짜 세. 좀 도와줘."

"싫어. 나 따돌리고 너희끼리 하는 거잖아. 쌤통이다."

강지영이 화를 꾹 눌러 참는 것 같은 표정을 지었다.

"언니들한테 이기면 월, 수, 금은 여기서 계속 공기할 수 있어. 그동안은 장소가 없었잖아?"

나는 강지영이 하는 말에 갑자기 귀가 열리고 눈이 뜨이는 것 같았다. 하지만 인정하기 싫었다. 공기는 왜 혼자 할 수 없는 걸까? 강지영은 내 대답도 안 듣고 말했다.

"언니! 얘는 우리 반 친구 현석인데, 제 대타예요. 이제 학원 갈 시간이 되어서 먼저 갈게요."

"뭐야, 남자애가?"

누나의 말이 엄마의 잔소리랑 겹쳤다. 남자애가 공기 같은 거나 한다는 말. 애들이 내게 거짓말을 한 것에 대해서 따지는 건 좀 미뤄두고 나의 실력을 보여주고 싶었다. 지영이가 나지막이 말했다.

"그냥 네 실력 다 보여줘."

나는 비장하게 고개를 끄덕였다. 연주도 있었다. 지난번의 일을 사과하고 싶었는데 잘되었다 싶었다.

"상황은?"

"100점 내기에 언니들이 49점, 우리가 38점."

지현이가 말했다. 3대 3이었고 누나들이 한참 앞서고 있었다. 차례가 쉽게 돌아오지 않았다. 누나들이 14점을 더 내고 내 차례가 되었다. 25점 차이니까 내가 따라잡을 수 있다. 심호흡을 깊게 했다. 전과 다르게 긴장이 되었다. 공기 알을 던졌다.

"어? 백두산, 백두산!"

앞에 앉은 누나가 말했다. 뭐? 백두산이라고? 눈썹 위로 공기 알이 올라가면 안 되는데. 나는 나도 모르게 살짝 고개를 들었던 게 떠올랐다. 이런 실수를 한 적은 없는데. 어렵게 온 기회가 날아갔다. 아니라고 우기고 싶었지만 그럴 자리가 아니었다. 너무 순식간이기도 해서 기가 막혔다. 팀에 갑자기 미안한 마음이 물밀듯 올라왔다. 이런 말도 안 되는 실수를 이렇게 중요한 순간에 하고 말다니! 시간을 돌릴 수 없을까? 경기하자고 하지 말걸. 두부나 살걸. 나보고 잘난 체하더니 꼴좋다고 하겠지? 나는 아이들의 비난을 들을 각오를 했다.

"괜찮아. 그럴 수도 있지. 지금은 시합에 집중하자."

"그래. 그럴 수도 있지."

연주도 지현이도 내 탓을 하지 않았다. 뜻밖이었다. 나는 조금씩 안정을 찾아갔다.

경기가 진행될수록 공원 정자의 주변이 점점 깜깜해졌다. 공기 알도 잘 보이지 않았다. 그래서였는지 다행히 누나들도 실수를 조금씩 했다. 하지만 누나들은 거의 90점에 가까워지고 있었고 우리는 70점대였다. 다시 내 차례가 되었다. 나는 다시 깊게 호흡을 가다듬었다. 엄마에게 들킬까 봐 밤중에 불을 끄고 흐릿하게 보이는 형체를 눈으로 좇으며 소리도 없이 공기 연습을 했던 순간을 떠올렸다. 다시 잡념이 사라졌다.

'1알 줍고, 내가 길들인 공기 알보다 조금 가볍지만 괜찮아, 할 수 있어. 다시 던지고 받고. 다시 공기 알을 던지고, 이번엔 2알씩 줍고. 3알과 1알, 그리고 고추장. 마지막으로 꺾기. 성공. 다시 공기 알 던지고, 5년. 그리고 또 5년, 5년. 성공.'

"현석아, 이번엔 삼 년이야! 세 알 올려야 해!"

연주가 말했다. 어느새 점수를 다 따라잡아 97년이 된 것이다. 연주 아니었으면 또 5개 올릴 뻔했다. 집중해서 몰랐는데 손에 땀이 축축했다. 나는 5개의 공기 알을 던졌다. 그중 3개만 손등에 올려야 한다. 떨어지는 공기들이 시간이 늦춰진 것처럼 느리게 보였다. 손등에 3개, 그리고 꺾기. 성공.

"와! 현석이 최고! 현석이 진짜 공기의 신, 공신이다! 정말 잘했어!"

지현이와 연주가 방방 뛰었다. 학원 간다고 갔던 지영이도 어느새 와서 서로 얼싸안고 같이 뛰었다.

"너희 덕분이야."

나는 쑥스러웠지만 그렇게 말했다. 왜냐하면 정말 그랬기 때문이다. 내가 실수했을 때 다독여주고, 또 내가 몇 점을 더 내야 하는지 알려주지 않았다면 이기지 못했을 것이다. 친구들이 진심으로 고마웠다. 연주가 나를 보고 씩 웃었다. 나도 연주를 보고 멋쩍게 웃었다. 연주는 참 좋은 녀석이구나. 지현이보다 연주가 더 예뻐 보였다.

그때 한 누나가 말했다.

"야, 현석이라고? 너 좀 하는구나? 너 터널 공기라고 알아?"

누나의 말에 나는 피해갈 수 없는 운명을 직감하고 씨익 웃었다.

진정한 고수에게 도전은 끝나지 않는 거니까.

당선소감

박 미 연

프로낙선러인 제게도 수상소감을 쓸 날이 오네요. 끝까지 믿어준 박희대 아빠, 길영임 엄마. 동생 박슬기 감사합니다. 초조함을 못 이겨 감정적으로 대해도 한결같이 도와준 기섭 언니, 징징거리는 제게 할 수 있을 거라고 응원해 준 미영, 윤영, 지원, 연수, 혜림 언니들. 저의 히스테리와 변덕으로 고생했을 고맙고 미안한 룸메이트들, 공기의 전설을 합평해 준 열심 주이, 꼭 해낼 거라고 믿어요. 아이들에 대한 질문과 고민을 던져주는 주일학교 선생님들. 지윤 언니, 언니 덕분에 제가 다루는 주제가 확 달라졌어요. 실패한 삶도 인생이라고, 실패의 두려움을 이기고 다시 꿈을 가지고 살 수 있게 해주신 목사님, 사모님께 감사드립니다.

그리고 어린이책작가교실의 정해왕 선생님, 제 인생의 잊지 못할 스승님입니다. 같이 신춘 준비했던 인숙, 지현, 미정, 선미, 수현, 지선, 미연 샘들 감사합니다.

자기 것을 먼저 내어주었던 분들. 쪽잠을 자면서 하루하루 열심히 살고 있는 한 분 한 분의 이야기들은 저를 겸손하게 합니다. 그분들을 생각하면 낙선할 때마다 포기할 수도 없었고 오래 징징거릴 수도 없었습니다. 지금 이 순간을 살고 있는 우리의 삶에 대한 따뜻하고 살아 있는 이야기를 쓰고 싶었습니다. 부족하지만 사람을 사랑하려고 애쓰고 잘 알려고 하고 특히 저 스스로를 잘 아는 작가가 되겠습

니다. 수많은 작품 중 제 작품을 뽑아주신 심사위원님들께도 감사드
립니다. 더 정진하라는 의미로 알고 함부로 게을러지지 않겠습니다.
무엇보다 원망과 불평으로 못난 삶을 살았을 저를 사람 구실하면서
살 수 있도록 길을 인도해주신 하나님께 감사드립니다.

심사평

코로나 시대 얼굴 맞대는 공기놀이, 긴장과 유쾌함 한가득

올해 투고된 175편 중 최종 논의에 오른 작품은 4편이었다. 서울신문 신춘문예 응모작 수준이 높아 즐거운 비명을 지르곤 했는데 올해는 경쟁이 더 치열했다. 당선작은 한 편이지만 여기 언급된 작품은 그에 못지않은 매력이 있었다.

지역아동센터, 그룹홈과 같은 보호 양육시설이 생겨났지만, 작가들의 시선은 주로 학교나 가정에 머물렀다. '엄마의 비밀'과 '와글와글 시장'은 이를 넘어 새로운 공동체 속 아이들에게 돋보기를 댄 작품이라는 점에서 반가웠다. 섣불리 아이들 삶에 개입하거나 판단하지 않고, 살아 있는 아이들의 모습을 생생히 그린 점도 돋보였다. 다만 결말의 힘이 약했다. 작품에 메시지가 직접 드러나선 안 되지만, 메시지가 없어도 곤란하다.

'딱 3분 레인지'는 재기 넘치는 작품이다. 속물적 가치로 아이를 유혹하는 전자레인지 요정과 이에 넘어가지 않는 아이의 대화가 웃음과 깨달음을 자아낸다. 다만 그릇된 가치와 맞서는 아이가 너무 조숙하고 상대방의 속셈을 다 간파하는 것이 아쉽다. '바보 이반' 이야기처럼 무언가를 잘 모를 때 사물을 더 투명하게 볼 수 있으며 이렇게 생긴 지혜가 아이의 지혜이며 동화의 가치임을 잊지 말아야 한다.

'공기의 전설'은 공깃돌 놀이만으로도 긴장감 넘치는 서사를 그려낼 수 있음을 보여준다. 아이들의 놀이는 점점 사이버화하고, 코로나19는 여기에 기름을 부어 버렸다. 사이버 공간은 익명성과 비대면성으로 인해 절제되지 않은 언어폭력이 난무하기 쉽다. 아이들 놀이의 핵심은 경쟁과 싸움이 아니라 협력과 배려인데 본말이 전도된 셈이다. 그래서 이 작품이 보여 준 유쾌한 대면놀이의 복원은 소망스럽다. 단단한 문장, 기승전결이 꽉 짜인 구성, 편견 없는 성역할에 대한 통찰 등 이 작품이 당선작이 돼야 할 까닭은 너무나 많았다.

당선을 축하드린다.

심사위원 박숙경 · 유영진(아동문학 평론가)

전남매일

최 주 인

1979년 광주 출생
한국교원대 졸
곡성 옥과초 교사
2023년 〈전남매일〉 신춘문예 동화부문 당선

악몽 바자회

최 주 인

"열려라! 참깨."

주문을 외쳤다. 굳게 닫혀있던 동굴 문이 열렸다. 맛있는 냄새가 빠져나왔다. 냄새에 끌려 동굴 안으로 빨려 들어갔다. 정신을 차려 보니 양손에는 닭 다리와 치즈스틱이 들려있었다. 영혼의 단짝을 만난 내 입은 반가움의 대화를 시작했다.

'냠냠 쩝쩝'

조금씩 배가 부풀어 올랐다.

"그만! 이제, 그만!"

생각과는 달리 손과 입이 멈추지 않았다. 고장 난 손은 끊임없이 음식을 입으로 배달했다.

"안 돼. 안 돼"

배는 점점 더 부풀어 올랐고 결국 '펑'하고 터져버렸다.

'헉, 오늘도 같은 꿈이다.'

땀으로 샤워를 한 듯 온몸이 젖어있었다. 매일 꾸는 꿈이지만 좀

처럼 익숙해지지 않았다. 아무것도 하기 싫었다. 그래도 학교는 가야 했다. 아무것도 먹기 싫었다. 하지만 먹고는 살아야 했다. 간신히 밥 두 공기를 물에 말아 먹고 집을 나섰다.

"와! 희찬이 왔다."
교실로 들어서자 한 무리의 아이들이 몰려왔다.
"오늘은 뭐 먹었어?"
"그래. 먹은 거 얘기 좀 해주라. 난 너 먹는 얘기만 들어도 내 배가 다 배부르단 말이야."
"아니…, 없어. 요즘 입맛이 없거든."
악몽을 꾸고부터 입맛이 사라졌다. 입맛이 사라지자 이야깃거리도 사라졌다.
"진짜? 어디 아픈 거 아냐? 요즘 계속 그러네."
"어쩔 수 없지. 혹시 입맛 돌아오면 그때 꼭 얘기해줘."
아이들은 아쉬워하며 하나, 둘 자리로 돌아갔다.
"야! 뚱땡아, 뭐하냐?"
'하…. 또 시작이다.'
나에게 악몽을 선물한 덕만이였다. 녀석만 없으면 더 이상 악몽도 없을 것 같다.
"얼굴이 왜 그러냐? 어제 라면 10개 먹고 잤냐?"
"아니거든. 안 먹었거든. 휴…, 자기는 마른 멸치 같으면서…."
깊은 한숨과 함께 목까지 차올랐던 말을 조용히 삼켰다.

"뭐라고 하는 거야? 넌 덩치도 산만하면서 말 좀 크게 해라. 그리고 뭐가 아니야? 딱 봐도 10개 먹었는데. 아니면 11갠가? 크크크."

대체 웃는 얼굴에 침 못 뱉는다는 말은 누가 한 건지 모르겠다. 선생님께 혼나는 것만 아니면 이미 열두 번은 그랬을 거였다.

"......"

더 이상 아무 대꾸도 하지 않았다. 이 상황을 빨리 끝내고 싶었다. 그러자 녀석은 금세 흥미를 잃고 다른 친구들 사이로 사라졌다. 물론 언제나처럼 몇 마디를 덧붙인 후였다. 온몸에 힘이 쭉 빠졌다. 녀석은 가면서 남아있던 내 기운도 함께 가져갔다. 아무것도 하기 싫었다. 만약 오늘이 악탈 모임을 하는 날만 아니면 아프다는 핑계로 조퇴를 했을 거였다. 악탈은 악몽 탈출을 꿈꾸는 아이들의 모임을 말한다. 악탈에는 얼굴이 긴 '당근'부터 '대갈장군', '콧물 기차' 등 다양한 별명을 가진 아이들이 있다. 별명은 모두 다르지만 놀림을 받는다는 공통점이 있었다.

악탈이 있는 날은 언제나 시간이 민달팽이 같다. 쉬는 시간조차 그랬다. 하지만 아무리 느리게 가도 끝은 있는 법이다.

"오늘은 희찬이 고민 나눔 차례야."

사실 내 고민은 몇 달 전에도 얘기했었다. 그때 아이들과 찾은 답은 살을 빼는 거였다.

"살을 2킬로나 뺐는데 악몽을 꾸는 건 똑같아. 게다가 내가 살 뺀 걸 아무도 모르더라니까. 놀림 받는 것도 여전하고."

억울한 마음이 들었다. 힘들었던 다이어트 생각이 나서였다. 한편으로는 다이어트 동안 세 끼만 먹고도 살아남은 내가 대견스러웠다.

"대체 어떻게 해야 악몽에서 탈출할 수 있을까?"

내 말이 끝나자 아이들은 이런저런 방법들을 얘기했다. 하지만 누구도 '이거다'하는 의견을 내놓지는 못했다.

"이번 바자회에 꿈을 팔아보면 어떨까?"

오랜 회의에 지쳐갈 때쯤 누군가 무심한 목소리로 한마디를 툭 내던졌다. 괴짜스러운 말과 행동 때문에 안드로메다로 불리는 명구였다.

"뭐라고? 꿈을 판다고?"

"에이, 말도 안 돼. 누가 꿈을 사."

명구다운 생각에 아이들이 웅성거렸다.

"왜 안 돼? 바자회는 나에게 필요 없는 물건을 파는 거 아냐? 꿈은 우리한테 필요 없잖아. 혹시 알아? 누구에게 필요할지?"

명구는 아이들의 반응에 전혀 동요하지 않고 생각을 이야기했다.

"생각해 보니 그렇네."

"밑져야 본전이니까 한 번 해볼까?"

자신감이 넘치는 명구 때문인지 몰라도 왠지 그럴듯했다. 결국 한번 해보자는 쪽으로 생각이 모였고 생각은 즉시 실행으로 옮겨졌다.

다음날, 학교는 바자회 이야기로 들썩거렸다. 곳곳에 붙은 포스터 때문이었다.

> ☺ 꿈 바자회 ☺
> 꿈 파세요. 꿈 사세요.
> 어떤 꿈이든 OK. 놀라운 기적이 현실이 될 수 있습니다.

"꿈을 판다는 게 가능해?"

"누가 내 꿈 좀 사주면 좋겠다. 갖고 싶은 스피너가 있는데."

아이들은 모이기만 하면 꿈 얘기를 했다. 그러다'내 꿈 한번 들어 봐.'라는 말은 유행어가 됐다. 시간이 지날수록 아이들은 점점 더 꿈 바자회에 빠져들었다.

"에이, 말도 안 돼."

"어떤 정신 나간 녀석이 꿈을 사냐?"

물론 덕만이처럼 입을 삐쭉이는 애들도 있었다.

"지금부터 제20회 옥룡 바자회를 시작하겠습니다."

드디어 바자회 날이 되었다.

"쓸 만한 물건 많아요. 와서 구경하세요."

"지금 안 사면 두고두고 후회합니다."

여러 부스에서 호객행위가 시작됐다. 하지만 아이들의 관심은 온통 꿈 바자회에 쏠려있었다. 많은 아이들이 꿈 바자회 부스로 몰려들었다.

"꿈 바자회 부스에 오신 걸 환영합니다. 꿈을 팔고 싶은 사람은 부스 앞에서 꿈 이야기를 하면 됩니다. 꿈이 필요한 사람은 손을 들어 주세요. 가격은 파는 사람이 결정합니다."

가슴이 콩닥, 심장은 쿵쾅거렸다.

"야! 그 말 진심이냐? 꿈을 사는 바보가 세상에 어디 있냐?"

한껏 기대감에 부풀어 있던 그때, 누군가 냉기 가득한 말을 던졌다. 역시나 덕만이였다.

"야! 김덕만. 조용히 해."

"꿈을 사든 말든 네가 무슨 상관이야. 너는 신경 끄셔."

여기저기서 덕만이에게 말 화살이 쏟아졌다. 덕분에 덕만이는 더 이상 아무 말도 하지 못했다.

"첫 번째 판매자는 홍기봉입니다."

기봉이는 크게 심호흡하고 천천히 이야기를 시작했다.

"꿈속에서 난 당근이 돼. 당근밭에서 평화로운 날들을 보내지. 그런데 어느 날부터 머리 부분만 길어지는 거야. 그러다 머리가 하늘 끝에 닿아. 잭과 콩나무에 나오는 거인의 집까지 말이야. 잭은 '옳다구나'하고 나를 밟고 거인의 집에 올라가. 그리고선 말이야…."

"진짜? 그럼 잭과 콩나무가 아니라 잭과 당근인가?"

"그래서 그다음은?"

아이들은 뒷이야기를 재촉했다. 뜨거운 반응에 힘입은 기봉이는 단숨에 뒷이야기를 풀어 놓았다. 이야기를 끝낸 기봉이는 꿈 가격으로 당근을 원했다. 이제부터는 씹어 먹히지 않고 자신이 씹어 먹고 싶어서라고 했다. 기봉이의 꿈은 당근 농장을 하시는 아빠에게 선물한다며 홍근이에게 팔렸다. 진짜 꿈이 팔리자 분위기는 한껏 달아올랐다.

"너희들 안드로메다인 본 적 있어? 내 꿈은 안드로메다에 불시착하는 걸로 시작해. 그곳에서 난 한 안드로메다인을 만나지. 그러면서…."

다음 판매자는 명구였다. 아이들이 관심을 보이자 신이 난 명구는 이야기를 쏟아내듯 뱉어냈다.

"와! 부럽다. 나도 외계인 보고 싶은데."

"안드로메다 사람은 어떻게 생겼어? 광선검 써?"

아이들의 호기심이 봇물 터지듯 쏟아졌다. 결국 명구는 그 호기심을 밑천 삼아 과학자를 꿈꾸는 민호에게 꿈을 팔았다. 그 후로 여러 꿈이 이야기됐다. 물론 모든 꿈이 팔리지는 않았다. 재미없는 이야기와 턱없이 비싼 가격 때문이었다.

"이제 마지막 꿈입니다. 이번 판매자는 최희찬입니다."

이제 드디어 내 차례였다. 심장이 쿵쾅거렸다. 떨리는 가슴을 진정시키려 크게 한숨을 내뱉었다. 천천히 내 꿈을 꺼내놓았다. 막상 이야기가 시작되자 마음이 편안해졌다. 어느새 이야기 속의 나는 신비한 모험을 마치고 동굴 앞에서 주문을 외쳤다.

"주문을 크게 외치면 굳게 닫혔던 문이 열려. 지금껏 맡아본 적 없는 황홀한 냄새와 함께 말이야. 냄새에 붙잡혀 안으로 들어가면 눈부신 음식들이 가득하지."

눈앞엔 꿈에서 보았던 음식들이 펼쳐져 있었다. 눈앞의 음식들은 입을 더 신나게 했다.

"제~일 먼저 살이 쫘~악 오른 닭 다리를 잡지. 그리고 한 입 베어 물어. 입 안 가득한 살과 뽀얀 육즙이 입안에서 춤을 추지. 그러면 나는 '야호'하고 소리쳐. 맛의 정상이거든."

아이들은 내 얘기에 홀려 버렸다. '허'하고 입을 벌린 몇 녀석은 침이 떨어지는 줄도 몰랐다.

"다음은 치즈스틱이야. 겉은 비스킷보다 바삭해. 한 입 베물면 치즈가 '쭈~~~욱' 늘어져. 얼마나 길게 늘어지는지 끊어서 줄넘기를 한다니까."

아이들의 깊은 탄식이 터져 나왔다.

"그 꿈 내가 살게. 요즘 우리 할머니가 입맛이 없으시단 말이야."

"아니야. 내가 살 거야. 요즘 감기 때문에 아무것도 못 먹는단 말이야. 저 꿈이면 식욕이 다시 돌아올 것 같아."

여기저기서 꿈을 산다는 애들로 난리가 났다. 아이들은 서로 자기에게 꿈을 팔라고 했다.

"야! 그 꿈 얼마냐?"

아이들의 말다툼을 비집고 익숙한 목소리 하나가 들려왔다. 덕만이였다. 예상 밖의 인물이 등장하자 어안이 벙벙했다. 혹시 나를 놀리려고 그러나 화도 났다.

"그 꿈 얼마냐고? 내가 산다니까."

덕만이는 내가 아무 말도 하지 않자 재촉하듯 말했다.

"너 지금 장난하는 거지? 내가 너한테 꿈을 팔아야 왜 하는데?"

"아니 그냥. 파는 사람한테 이유도 말해야 하냐? 그, 그냥 팔면 안……?"

날카로운 나의 말에 녀석은 말꼬리를 흐렸다. 처음 꿈을 팔라고 했을 때와는 다른 말투였다.

"누구한테 팔지는 내 맘 아냐? 너 아니어도 살 사람 많으니까, 꿈을 사고 싶으면 왜 사고 싶은지 말해."

기가 죽은 녀석의 모습에 꿈을 사려는 이유가 갑자기 궁금해졌다.

"네 꿈을 사면 나도 맛있게 먹을 수 있을 것 같아서. 그러면 나도 살이 찔 수 있을 것 같아서 그런 거야."

결국 녀석은 입을 삐쭉 내밀고 체념하듯 말했다. 놀라웠다. 녀석의 입에서 저런 이유가 나올 거라고 상상도 못 했다. 처음 듣는 녀석의 진지한 속마음이 슬퍼 보였다. 순간, 어쩌면 덕만이도 악몽을 꾸고 있을지 모른단 생각이 들었다.

"그래. 너한테 팔게. 대신 꿈값은 줄 수 있지?"

덕만이에게 꿈을 팔고 싶어졌다.

"어? 진짜? 꿈값 얼마야? 그 꿈값 얼마냐고?"

덕만이는 내 마음이 바뀔까 재촉하듯 물었다.

"앞으로는 나를 뚱땡이 말고 이름으로 불러. 다른 친구들도 놀리지 말고. 그럼 이 꿈은 네 거야."

"진짜야? 진짜 그거면 돼?"

덕만이는 몇 번이나 확인해 물었다.

"응. 대신 꿈값은 꼭 제대로 줘. 안 그러면 다시 뺏을 거다."

그렇게 난 덕만이에게 꿈을 팔았다. 꿈을 팔자마자 배가 고파졌다.

"우리 떡볶이 먹으러 갈래? 내가 맛있게 먹는 법 알려줄게."

내 제안에 아이들이 주위로 몰려들었다. 환하게 웃는 아이들 속에는 덕만이도 있었다.

당선소감

최 주 인

"행복한 꿈을 그려가는
작가 되겠다"

몇 년 전, 한 아이에게 물었다.

"꿈이 뭐야?"

아이는 한참을 생각하다 말했다.

"선생님은 꿈이 뭐예요?"

아이의 질문에 아무 말도 할 수 없었다. 어른이 되고 한 번도 받아보지 못한 질문이었다. '나도 꿈이 있었나? 내 꿈은 뭐였지?'라는 생각이 꼬리를 물었다.

아이들과 함께 책을 읽고 글을 쓰고 책을 만들며 갈증을 느꼈다. 그렇게 글을 쓰기 시작했다.

"선생님이 쓴 건데 한 번 읽어봐 줄 수 있어?"

아이들은 진지한 표정으로 내 글을 읽었다. 아이가 글을 읽다 웃으면 내 마음이 더 크게 웃고 찌푸리면 괜스레 긴장됐다. 동화를 쓰며 꼬리를 물었던 생각의 답을 찾았다. 아이들에게 더 가까이 다가갈 수 있는 글을 쓰고 싶다는 꿈을 꾸게 된 것이다.

그렇게 한 해, 두 해가 흘렀다. 아이들과 나눈 글이 몇 편이 됐다. 그러자 어른이 되고 처음으로 생긴 꿈을 자랑하고 싶다는 생각이 들었다. 어른도 꿈이 있어야 하고 그 꿈을 모두에게 응원받고 싶다는 욕심에서였다. 그러면 더 오랜 시간 꿈을 이루기 위해 노력하며 살 수 있을 것 같았다.

　당선 전화를 받고 가장 먼저 든 감정은 감사함이었다. 지금 걷고 있는 꿈의 가능성을 본 심사위원과 전남매일, 함께 꿈을 꾸고 있는 우리 아이들에게 감사함을 전한다. 항상 응원해준 부모님, 사랑하는 가족, 존경하는 동료 선생님들과 친구들에게도 감사하다. 앞으로도 천천히 누군가와 함께 걸으며 행복한 꿈을 그려가는 작가가 되도록 하겠다.

다름을 인정하고 존중하며
함께 나아가기

같은 시간 같은 공간에 있더라도 전혀 다른 이야기가 탄생하는 것은 우리가 각각 다른 존재이기 때문이다.

무수한 세상의 이야기들 중 또 어떤 작품이 새롭게 세상과 만나게 될까 큰 기대를 품고 응모된 작품들을 읽었다. 요즘 환타지나 SF가 소위 대세라고 말하는데 응모된 원고들은 대부분 사실동화였다. 그중에서도 할머니와 손주의 이야기가 많았고, 어른이 자신의 과거를 추억하거나 회상하며 교훈이 드러난 작품들도 꽤 여러 편이었다. 물론 동화를 이론적으로 규정하고 정의 내리지 않더라도 지금의 어린이를 들여다보고 어린이들의 손을 잡아주어야 하는 것만은 변함없는 사실이다.

'잠복근무 중'은 할머니에게서 나오는 이상한 소리가 소재다. 보청기 배터리가 닳아 삐삐거리는 것을 아이는 할머니가 비밀요원이라 생각한다. 재미있는 상상력이지만 단순한 해프닝으로 끝나버려 아쉬웠다. 아이 자신의 문제를 해결하는 것으로 주제가 확장되었다면 지나치게 소품 같은 인상은 덜 했을 거다. '콧기름을 훔친 머구'는 마술사의 조수로 일하는 개가 마술사라는 꿈을 위해 현재를 견디고 있다는 설정이 신선했다. 개가 모자 속 나라 비둘기와 만나는 것도 기대 이상이었다. 그런데 결말이 모호했다. 모자 안의 세상이 추상적이고 개가 굳이 마술사가 되어서 무얼 하고 싶은지가 분명하지 않았다. 두 작품 모두 결말이 아쉬웠다면 '악몽바자회'는 미덕이 있었다. 놀림을 받는 주인공이 악몽을 꾸고 악몽을 탈출하기 위한 모임에서 이야기를 나누고, 그것을 해결하기 위한 방안으로 바자회를 열고 꿈을 판다. 어떻게든 문제를 해결하려는 아이들의 노력이 눈에 들어왔다.

입맛 없는 할머니를 위해 꿈을 산다는 아이, 감기 때문에 식욕을 잃어 되찾기 위해 꿈이 필요한 아이. 누군가는 악몽이지만 누군가는 필요한 꿈이었다. 더구나 더 이상 놀리지 말라는 것이 주인공이 원하는 꿈값이라니. 아이다웠고 또 절실했다.

몇몇 부분은 다소 진부한 표현들이 걸리기는 했지만, 더 치열하게 고민하고, 끝까지 아이들 편을 들어주는 작가가 되기를 바라면서 당선작으로 결정했다.

물질이 압도하는 시대, 그럼에도 가치를 쫓아 글을 쓰는 분들께 존경의 인사 및 포기하지 마시라는 위로와 함께 당선되는 분께는 뜨거운 축하의 인사를 건넨다.

심사위원 양인자(동화작가)

전북일보

양 지

1999년, 전라북도 전주 출생
전주대학교 문헌정보학과 재학 중(졸업예정)
2023년 〈전북일보〉 신춘문예 동화부문 당선
sunny99510@naver.com

세모바퀴 달린다

양 지

그러니까, 모든 것은 4교시 미술 시간에 시작된 일이다.

"세모바퀴가 어떻게 달리냐? 바보."

그림의 주제는 내가 타고 싶은 자동차였다. 나는 새빨간 자동차에 세모난 바퀴를 그려 넣었다. 그 밑에는 세상에서 가장 빠른 자동차라고 써놓았다. 그런데, 똑똑한 척 대마왕인 이태현이 내 그림을 보더니 비웃은 것이었다.

"세모 바퀴가 어떻게 구르냐?"

그러자 옆 분단 민정이가 말했다.

"밀면 굴러가지 않을까?"

"세모바퀴는 못 구르거든?"

뒷줄의 세호는 이태현의 말에 힘을 보탰다.

"달릴 수 있어!"

"아니거든?"

교실에 한참동안이나 퍼져있던 왁자한 소리는 조용히 하라는 선생님의 목소리에 쏙 들어가 버렸다. 합죽이가 된 채로 눈빛을 교환하던 중 누군가 입을 열었다.

"선생님, 세모바퀴도 달려요?"

엉뚱한 질문에 선생님이 입술을 살짝 깨물었다. 세모바퀴는 음…… 선생님도 본 적이 없는데, 아마 못 달리지 않을까? 그 대답에 못 달린다고 말하던 아이들이, 달릴 수 있다고 말하던 아이들을 향해 고개를 치켜들었다.

"세모바퀴는 못 달린다잖아. 꼭 김민준 너네."

이태현이 입꼬리를 비죽 올리며 내 오른쪽 다리를 가리켰다. 여섯 살 때 교통사고 때 다쳐 절뚝거리는 다리였다. 이태현은 미술 시간 내내 나를 세모바퀴라고 놀려댔다. 그날부터 내 별명은 세모바퀴가 되었다.

체육 시간이었다. 선생님을 따라 운동장에 나갔다. 쉬는 시간에 미리 나와 뛰어다니던 아이들도 선생님의 호루라기 소리에 하나둘 모여들었다.

"오늘은 50미터 달리기 기록측정을 할거에요. 작년에도 해봤죠?"

선생님 손에는 야구공만 한 타이머가 들려 있었다.

"네!"

아이들이 입을 모아 큰소리로 대답했다.

"그럼 5분 뒤에 시작할게요."

선생님의 말씀에 제자리 뛰기를 하며 몸을 푸는 아이가 있는가 하면, 벌써부터 이리저리 뜀박질을 해대는 아이도 있었다. 나도 발

끝에 힘을 주면서 무릎을 앞뒤로 구부렸다 폈다. 그런데 이태현이 입꼬리를 또 비죽 올렸다.

"선생님, 세모바퀴도 달려요?"

옆에 있던 아이들 눈이 모두 내게 보였다. 나를 향한 선생님이 눈이 곤란하다는 듯 휘어졌다.

"민준이는 저쪽 조회대에서 쉬고 있을래?"

그 말에 고개를 저었다.

"저도 뛸래요."

아이들이 번호순으로 두 명씩 줄을 섰고, 나도 중간쯤 줄을 섰다. 선생님이 저 앞쪽에서 깃발을 내리면 달리기 시작한다. 내 차례가 가까워져 오자 준비를 하는 내 심장이 먼저 뛰었다. 그런데 뒤에서 이태현이 키득거리는 소리가 들렸다.

"덜컥덜컥 세모바퀴!"

그 말과 동시에 선생님이 들고 있는 깃발이 내려갔다. 나는 달리기 시작했다. 발걸음을 내디딜 때마다 옆에서 달리고 있는 아이와 격차가 벌어졌다. 마음이 앞서자 몸이 좌우로 비틀거리며 시야가 흔들렸다. 그러다가 쿵, 하고 넘어져 버렸다.

무릎이 다 까지고 피가 났지만, 다시 일어섰다. 이태현이 큰 소리로 웃는 소리가 뒤에서 들렸기 때문이다. 절뚝거리는 걸음으로 도착점에 들어왔다. 나보다 앞서 달리던 민정이가 내 쪽으로 다시 뛰어왔다.

"김민준, 괜찮아?"

민정이가 피가 밴 내 무릎에 묻은 흙을 털어줬다.

"보건실 가자."

나는 태현이 말처럼 덜컥거리며 보건실로 가야만 했다.

음악 시간 되었다. 아까 달리기하다 넘어지면서 다리를 살짝 다쳤는지, 음악실로 가는 걸음이 더 절뚝거렸다. 애들이 나를 보고 웃는 것만 같아 뒤통수가 뜨거웠다.

나는 리코더를 들고 길게 늘어선 의자 중 하나에 앉아 선생님이 들어오기를 기다렸다. 이태현은 리코더를 들고 세호랑 칼싸움을 했다. 선생님이 들어오자 자리를 정돈하는 척하며 리코더로 나를 툭 쳤다.

"너!"

민정이가 그런 이태현을 노려보았다. 나 역시 뱃속에서 화가 올라왔지만 내 다리를 보자 다시 고개가 푹 떨궈졌다. 조금 있으니 맨 앞줄에서부터 오늘 배울 노래의 악보가 넘어왔다. 이태현은 나에게 악보를 넘겨주면서 일부러 바닥에 떨어뜨렸다.

"너는 쟤가 저러는데 화나지도 않아?"

민정이가 답답하다는 듯이 나를 쳐다봤다. 나는 민정이 눈을 슬쩍 피해버렸다. 이태현은 민정이가 나한테 잘해줄 때마다 더 심술을 부린다. 지금도 내 옆에 앉아서 나를 챙겨주는 걸 보고 더 그러는 거다. 이태현한테 그러지 말라고 소리치고 싶지만 아무리 그래봤자 짝짝이인 내 다리로는 절대로 혼내 줄 수가 없다. 그러니까 차라리 가만히 있는 게 낫다.

악보를 보자 검은 동그라미들이 눈에 들어왔다. 몇 번 연습하니까 능숙하게 곡을 부를 수 있게 되었다. 나는 음악 시간이 좋다. 연습만 하면 다른 아이들과 화음을 맞출 수가 있기 때문이다. 그때는 다른 애들과 내가 다르다는 생각이 들지 않는다. 나는 내 짝다리처럼 울퉁불퉁하지 않으려고 열심히 화음을 맞춰 리코더를 불었다.

삐익―

앞쪽에서 자꾸만 박자를 놓치는 소리다. 가끔 음이 크게 삐져 나가기도 한다.

"집중해서 더 잘해봐요."

선생님이 다시 한번 시범을 보였다. 그래도 또 틀렸다.

"누구니? 잘 맞춰봐!"

선생님이 손뼉을 짝짝 쳤다.

"네가 틀리는 거 아니야?"

이태현이 리코더로 내 등을 찔렀다. 어이가 없어서 쳐다보자 또 한 번 빈정거렸다.

"너 아니냐고, 세모바퀴."

"나 아니야……."

소심하게 대들었다. 그러다 선생님께 딱 들키고 말았다.

"떠드는 걸 보니 둘 다 자신 있나 보네. 한 사람씩 나와서 불어 봐."

선생님 말씀에 나랑 이태현이 앞으로 나갔다.

"네가 먼저 해."

이태현이 리코더로 나를 쿡 찔렀다. 나는 크게 심호흡을 하고 리코더를 입으로 가져갔다. 바람을 불어 넣으며 부드럽게 손가락을 움직였다.

다리를 다치고 나서 내가 제일 좋아하는 축구를 할 수 없게 되었다. 시간만 나면 아빠랑 같이 운동장에 나가 축구를 했는데……. 아빠는 창밖을 내다보고 있는 내게 악기들을 내밀었다. 바이올린, 기타, 플루트, 리코더도 그중 하나였다. 아빠는 기타를 배워 보고 싶다고 했다.

"싫어! 이런 건 다 싫다고!"

나는 악을 쓰면서 아빠가 내민 악기들을 집어 던졌다. 그런데도 아빠는 내 옆에서 기타 연습을 했다. 처음에는 시끄럽던 소리가 점점 아름다운 멜로디로 바뀌었다. 아빠 손가락마다 굳은살이 박였지만, 포기하지 않는 걸 보고 나는 악기를 들었다. 잘은 못해도 연주를 하면서 마음이 편해졌다.

아빠랑 같이 연주할 때처럼 가만히 숨을 불어 넣었다. 내 호흡을 타고 리코더에서 부드러운 소리가 흘러나왔다. 조금도 덜컥거리지 않은 내 연주가 끝나자 아이들이 모두 박수를 쳐주었다.

"이태현, 다음은 네 차례야."

선생님 말씀에 이태현은 긴장이 되는지 손바닥을 바지에 쓱 문지르고는 리코더를 불기 시작했다. 그런데 중간중간 계속 삑삑거리는 바람 소리가 들렸다.

"그만, 더 연습해야겠네."

선생님이 고개를 흔들었다. 그 순간 이태현은 세모바퀴가 된 것 같은 표정을 지었다. 하지만 그 순간뿐이었다. 음악 시간이 끝나자 다람쥐처럼 달려나갔고 나는 절뚝거리면서 교실로 갔으니까.

"세모바퀴, 집 가냐?"

좋아하는 만화 시간에 맞추기 위해 속도를 내서 집으로 가는 중이었다. 뒤에서 들려오는 목소리는 며칠간 하교를 할 때마다 그림자처럼 따라오는 목소리였다. 이태현은 리코더 사건 뒤로 나만 보면 따라다니면서까지 괴롭혔다. 나는 어제 비가 와서 웅덩이에 고인 물을 찰박찰박 튀기며 모른 척 걸어갔다.

"야, 세모바퀴!"

나를 부르는 말에도 아랑곳하지 않고 바닥만 내려다보며 걸었다. 보도블록 위에 지렁이 한 마리가 꿈틀거리고 있었다. 지렁이는 보도블록에 붙어서 온몸에 흙을 묻힌 채 기어가려 애쓰고 있었다. 그 모습이 불쌍해 다리를 굽혀 가까이에서 살펴보았다. 죽었나? 건드려 보는데 이태현이 나를 툭 치며 짜증을 부렸다.

"뭐하냐? 돈이라도 떨어져 있…."

거기까지 말하던 놈의 목소리가 멈췄다. 나는 고개를 들어 이태현을 바라보았다. 미간이 찡그려진 얼굴, 잔뜩 겁먹은 눈이 보였다. 나는 놀려대느라 번들거리던 입술은 조금 벌어져 있었다. 설마,

"……너, 지렁이 무서워하냐?"

나는 꿈틀거리는 지렁이를 집어 이태현의 눈앞에 내밀었다.

"야! 너······."

이태현이 뒷걸음질 쳤다.

"왜? 이게 뭐 어때서?"

나는 이태현에게 더 다가갔다.

"가, 가까이 오지 말라고!"

기겁하며 뒷걸음질을 치던 이태현이 물웅덩이에 철퍼덕 주저앉았다. 그 앞으로 절뚝거리는 발을 크게 내딛자 이태현은 뒤뚱거리며 일어나 소리를 지르며 줄행랑을 쳤다. 나는 그 뒷모습을 보며 한참을 낄낄거렸다.

뼈도 없는 지렁이를 무서워하다니!

이태현, 아무것도 아니네.

나는 내 짧은 다리에 힘을 주었다. 그리고 지렁이를 축축한 풀숲에 가만히 내려놓았다.

그래, 나는 세모바퀴다. 덜컥거리기도 하고 느리기도 하다. 하지만 그래서, 흙바닥의 지렁이도 보고 작은 꽃도 보고 풀포기도 볼 수 있다.

세모바퀴가 닳아 동그랗게 될 때까지 나는 구르고, 달릴 것이다.

세모바퀴는, 달린다.

당선소감

양 지

저희 집 거실에는 텔레비전이 없습니다. 책을 좋아하시는 부모님 영향으로 책장이 자리했고, 저도 자연스레 책을 좋아하는 아이로 자랐습니다. 중학생 때부터는 제가 쓴 짧은 글들을 친구들과 돌려보며 본격적으로 글을 썼습니다.

글을 쓰는 것은 즐거울 때도 많았지만, 지칠 때도 있었습니다. 그때마다 언젠가는 멋들어진 글 옆에 적혀있을 제 이름을 상상하며 글을 썼습니다. 세상의 기쁨과 아픔과 슬픔과 애잔함에 대한 저의 시선으로 시, 소설, 수필, 동화, 각 장르의 글을 써보기도 했습니다. 그러나 몇 번의 도전에 미끄러지면서, 저보다 더 글을 잘 쓰는 수많은 사람들의 글에 기가 눌리기도 했습니다.

'양 지' 제 이름은 작가를 해야 할 이름이라고 했습니다. 볕이 드는 따뜻한 자리. 세상 속에 쏟아져나오는 다양한 작품들도 많지만, 저는 아직도 뻔하고 희망적인 이야기가 좋습니다. '세모바퀴 달린다'의 주인공처럼 굴하지 않는 용기와 희망을 가졌으면 합니다. 덕분에 드디어, 모나고 둥근 구석 없는 저의 세모바퀴가 굴러가기 시작했으니까요.

세상에 제 글을 내놓은 이 순간이 행복하지만 두렵기도 하나 언제까지고 저는 쓰고 싶습니다. 세모바퀴가 닳아 동그래질 때까지, 포기하지 않고 한 글자 한 글자 걸음으로 나아가려 합니다.

저의 글을 뽑아주신 심사위원님께 감사를 전합니다. 덕분에 알았습니다. 포기하고 싶었던 순간들이 있었지만 역시 저는 글을 좋아한다는 것을요. 저를 이끌어주신 박서진 선생님과 친구들, 무엇보다도 저에게 무한한 지지를 보내준 부모님에게 이 영광을 바칩니다.

심사평

아이들의 다양한 문제와
해결책 제시한 작품

　본심에 오른 동화들은 모두 공들여 쓴 작품들로서 높은 수준을 보여주고 있었다. 현실 속의 아이들의 다양한 문제와 갈등에 대한 해결책을 찾고 제시하려는 진지한 노력이 돋보였다. 동화는 아이들의 삶의 길잡이가 되어주고 다양한 갈등을 해결하는 법을 제시해 준다. 따라서 응모자들은 아이들이 당면한 문제가 무엇인지를 찾아내어 동화적인 재미와 감동으로 보여주기를 바란다.

　'여우 꼬리'는 아이들의 비만의 문제를 다루고 있는 동화로서 옛이야기를 차용하여 흥미롭게 끌고 가려는 노력이 돋보였다. 하지만 누이를 여우라고 확신한 삼형제의 행동과 사건이 너무 비현실적이어서 설득력이 떨어졌다. '할머니와 순구'는 유기견과 치매 걸린 할머니가 가족이 되어 서로 의지하며 살아가는 가슴 훈훈한 동화다. 결말이 잔잔한 감동을 주지만 극적인 사건 전개가 없어서 전반적으로 밋밋하고 평범했다. '심쿵, 그 애의 비밀'은 피구 경기를 통해 그 애의 비밀을 알게 되고 오해가 풀린다는 이야기다. 선천성 백색증에 걸린 아이를 소재로 한 점이 눈길을 끌었으나 비밀이 밝혀지고 오해가 풀린다는 설정이 너무 상투적이고 낯이 익었다.

'세모바퀴 달린다'는 본심에 올라온 작품 중에서 단연 뛰어났다. 자기가 잘하는 것을 선택하여 시련을 극복하고 꿈을 향해 달려가는 장애 아이의 모습을 깔끔한 문장과 탄탄한 구성을 통해 인상적으로 그려냈다. 갈등과 대립 구도가 뚜렷하고 사건이 흥미진진하게 진행되어 읽는 재미가 쏠쏠한 것도 미덕이었다. 끊임없이 주인공을 괴롭히는 아이를 힘이 없는 지렁이를 통해 통쾌하게 물리치는 결말은 아주 인상적이었다. 세모바퀴처럼 덜컥거려도 꿈을 갖고 힘차게 달려가겠다는 아이의 모습을 동화적인 재미와 감동으로 그려낸 작품이었다. 동화의 매력을 한껏 보여주는 좋은 작품을 뽑게 되어 기쁘다.

심사위원 이준관(아동문학가)

조선일보

임 진 주

1988년 충남 천안 출생
안양예고 문예창작과 졸업
한신대 문예창작과 졸업
2023년 조선일보 신춘문예 동화부문 당선
baroque333@naver.com

우리 둘이서

임 진 주

소윤이와 재희에게

우리가 가족이 된 지 한 달이 지났구나. 엄마 아빠의 결혼을 축복
해줘서 고마워.

오늘부터 엄마 아빠는 뒤늦은 신혼여행을 떠날 거야. 회사 일이
너무 바빠서, 이제야 여행을 떠나게 되었단다.

냉장고에 반찬 있어. 용돈 카드에 용돈 넣었는데, 혹시 부족하면
연락해.

말 안 하고, 우리 둘만 떠나서 미안하다. 다음에는 우리 넷이 여행
가자. 알았지?

그럼, 일주일 뒤에 만나자.

소윤이와 재희를 사랑하는 아빠가

추신: 둘이 싸우지 말고, 잘 지내렴. 돌아와서 확인할 거야.
-엄마

아빠와 새엄마가 여행을 떠났다. 갑자기 편지 하나만 써놓고 떠났다. 마음대로 결혼하더니, 여행도 마음대로 떠났다.

"편지 써놓고 간 거야?"

"아니. 나랑 너 버리고 도망갔어."

"도망가긴 뭘 도망가."

"여행 갈 거면, 나랑 너도 데리고 갔지."

아빠랑 새엄마가 여행 간 것보다 소윤이랑 같이 사는 게 끔찍했다. 일주일 동안 어떻게 버티지? 이럴 거면 간다고 미리 말해주지. 달라지는 건 없어도, 마음의 준비는 했을 텐데.

"왜? 나도 너랑 같이 사는 거 싫어."

소윤이가 먼저 화를 냈다.

"누군 좋은 줄 알아?"

소윤이가 그러니까 나도 짜증이 났다.

소윤이랑 같이 사는 건 생각보다 불편했다. 소윤이랑 나는 잘 안 맞았다.

나는 일찍 일어나서 학교 갈 준비를 했다. 일주일 동안 학교와 학원에서 열심히 공부했다. 나중에 독립해서 혼자 사는 게 꿈이다. 꿈을 이루기 위해서, 지금부터 열심히 준비해야 한다.

소윤이는 아침에 안 깨우면 점심시간까지 잤다. 늦잠 자면 학교에 안 갔다. 공부는 관심 없고 학원도 안 다녔다. 밥이나 과자는 잘 먹으면서, 청소나 설거지는 안 했다.

아무리 깨워도 안 일어나서, 소윤이를 내버려 두고 혼자 학교에 갔다.

아빠, 언제 와?

소윤이랑 같이 못 살겠어.

빨리 오면 안 돼?

아빠에게 보낼 문자를 썼다가 지웠다. 아빠는 여행 간다고 해놓고, 전화 한 번 안 했다. 새엄마랑 여행하는 게 재밌나 보다. 새엄마한테 전화가 왔을 때, 잘 지낸다고 거짓말했다.

'아빠랑 같이 살기 싫으면 영국으로 와. 엄마가 비행기표 보내 줄게.'

엄마는 아빠랑 이혼하고 영국에서 유학 중이다. 힘들면 언제든지 영국으로 오라고 했다. 엄마 공부를 방해하기 싫어서, 엄마가 보고 싶어도 꾹 참았다.

새엄마한테 말할까? 소윤이 때문에 힘들다고? 엄마한테는 말하는 게 쉬운데, 새엄마한테는 말 못 하겠다.

　처음부터 소윤이가 싫었다. 소윤이도 내가 싫었을 거다. 갑자기 나랑 나이가 똑같은 자매가 생겼으니까.

"얘들아, 인사해. 친구야."

"잘됐다. 둘이 친하게 지내면 되겠네."

　아빠랑 새엄마는 나랑 소윤이한테 친하게 지내라고 했다.

"왜요?"

"싫어요."

　나랑 소윤이는 자매가 싫었다. 언니, 동생, 오빠보다 외동이 낫다. 자매가 있으면, 엄마 아빠 사랑을 빼앗기고 장난감이나 초콜릿을 양보해야 한다.

　새엄마랑 소윤이랑 같이 사는 게 불편했다. 아빠에게 새엄마랑 소윤이랑 같이 살기 싫다고 하소연했다가 혼났다. 왜 나만 양보하라고 해?

　아빠랑 새엄마는 친하게 지내라고 했지만, 나랑 소윤이가 싫다고 했다. 한집에서 같이 살아도 학교에서 마주치면 못 본 척했다.

　얼마 전 학교에서 공개수업이 열렸다. 아빠랑 새엄마가 학교에 왔다. 아빠랑 새엄마가 담임 선생님께 결혼했다고 했다. 그때부터 소윤이와 나는 학교에서 마주치기만 하면 싸웠다.

"야, 김재희. 오늘 집에 일찍 들어와. 친척들 온대."

"학원 특강 있어."

"난 분명히 말했다."

"너나 잘해."

소윤이가 그러니까 자꾸 나쁜 말만 나왔다. 나랑 소윤이는 학교에서 마주치면 모른 척하거나 나쁜 말을 했다. 나쁜 말은 소윤이한테 안 가고 나한테 돌아왔다. 그래서 나쁜 말을 하고 나면 마음이 아팠다. 마음이 아픈데 나쁜 말을 멈출 수 없었다.

쉬는 시간, 소윤이 반 담임 선생님이 나를 불렀다.

"소윤이는 왜 안 왔어? 무슨 일 있니?"

"늦잠이요."

"같이 오지 그랬어."

"아무리 깨워도 안 일어나요."

"내일은 소윤이 꼭 데리고 와."

"아빠가 재혼한 거지, 진짜 자매 아니에요."

"그래도 잘 지내면 좋지. 가족이잖아."

나는 소윤이랑 가족인 게 싫은데, 사람들은 나랑 소윤이가 가족이래.

다음 날, 학교 가기 전 소윤이를 깨웠다. 소윤이가 결석하는 것보다 소윤이네 담임 선생님 잔소리 듣기 싫었다. 웬일인지 소윤이는 금방 눈을 떴다.

"학교 안 가?"

"내 맘이야."

소윤이는 담요를 뒤집어쓰고 잠들었다. 깨우기도 귀찮아. 이젠 정말 신경 쓰지 말아야지.

학교 갔다 집에 왔다. 소윤이는 거실 소파에서 휴대폰 게임을 했다. 탁자에 반짝반짝 별칩 과자가 보였다.

"이거 내 거야!"

"이름 썼어?"

"그건 아닌데…."

"먹어. 난 다 먹었어."

소윤이가 과자 봉지를 내밀었다. 봉지 안에 별 모양 과자만 남았다. 반짝반짝 별칩은 안에 들어있는 별사탕이 제일 맛있는데, 소윤이가 별사탕을 다 먹어버렸다.

"할래?"

"아니."

소윤이는 휴대폰 게임을 했다. 손가락으로 휴대폰 화면에 있는 괴물들을 공격했다. 괴물들이 뿅뿅 소리와 함께 쓰러졌다.

소윤이랑 말하기 싫어서 일찍 학원에 갔다. 학원 가기 전에 별사탕을 먹으려고 했는데, 소윤이가 다 먹어서 속상했다.

학원 갔다가 집에 왔다. 너무 졸려서 숙제도 안 하고 일찍 잤다. 배가 아파서 깼다. 바늘이 콕콕 찌르는 것 같다. 화장실에서 저녁

먹은 걸 그대로 토했다.

"왜 그래? 어디 아파?"

소윤이가 내 방까지 따라왔다.

"응급실 갈래?"

"그 정도는 아니야."

나는 침대에 눕고, 소윤이는 바닥에 누웠다.

"올라와."

소윤이한테 침대로 오라고 했다.

"불편할 텐데…."

"괜찮아."

우리는 나란히 침대에 누웠다. 소윤이가 있어서 다행이다. 혼자라고 생각했는데, 소윤이가 걱정해주니까 외롭지 않다.

다음날, 소윤이가 우리 반 담임 선생님이랑 소윤이네 담임 선생님한테 전화했다. 내가 아파서 학교에 못 간다고 했다.

"네, 집에 저랑 재희만 있어요. 지금 병원 가려고요."

집 앞에 있는 병원에 갔다. 소윤이가 보호자 역할을 했다. 의사 선생님에게 진찰받았다. 장염이니까, 매운 음식, 짠 음식을 먹지 말고 물을 많이 마시라고 했다. 병원이랑 약국에 갔다가 편의점에서 야채죽과 참치죽을 샀다.

우리는 점심으로 죽을 먹었다. 나는 야채죽을 먹고 소윤이는 참치죽을 먹었다.

"티비 볼래?"

"좋아."

소윤이가 티비를 켰다. 리모컨으로 채널을 돌리다가 음악방송에서 멈췄다. 엔데빌즈가 나왔다.

"날 잡아줘, 흔들리지 않게."

소윤이는 엔데빌즈 공식 응원봉인 날개봉을 들고 노래를 따라 불렀다.

"너 날개였어?"

"응."

나도 내 방에서 날개봉을 들고 왔다. 우리는 엔데빌즈 노래가 끝날 때까지 응원법을 정확하게 따라 했다.

엔데빌즈 순서가 지난 뒤, 우리는 서로 공식 팬클럽 카드를 확인했다.

"언제부터 좋아했는데?"

"블랙 앤 화이트."

블랙 앤 화이트는 엔데빌즈의 데뷔곡이다.

"나도."

"정말 신기하다."

우리는 서로를 부둥켜안았다. 소윤이한테 미안했다. 진작 알았으면 좋았을걸. 소윤이가 나랑 같은 엔데빌즈 팬이었다니. 너무 기뻐서 아픈 줄도 모르겠다.

"우리 주말에 공방 갈래? 언니들은 가까이서 보는 게 더 멋있어."

아빠랑 새엄마는 여행가고 집에 없는데, 우리도 놀러 가고 싶다. 공방에 가면, 방송국에서 엔데빌즈 언니들을 가까이서 볼 수 있다.

"응. 나도 언니들 보고 싶어."

우리는 엔데빌즈 팬카페에 들어갔다. 이번 주말에 공방 신청 안내 글이 올라왔다. 안내 글을 읽고 신청 글을 썼다. 우리 둘 다 공방 신청에 성공했다.

드디어 엔데빌즈 언니들을 보러 가는 날이다. 우리는 아침 일곱 시에 일어나서 나갈 준비를 했다. 깨끗이 씻고 엔데빌즈 후드티와 청바지를 입었다. 준비물은 어젯밤 미리 챙겼다. 엔데빌즈 언니들에게 잘 보이고 싶었다.

아침 먹고 집에서 나왔다. 고속버스터미널에서 서울 가는 고속버스를 탔다. 소윤이는 서울 가는 버스 안에서 잠들었다.

두 시간 뒤 서울에 도착했다. 서울에 오니까, 좋은 기억과 나쁜 기억이 떠올랐다. 엄마 아빠가 이혼하고, 아빠가 새엄마랑 결혼할 때까지.

좋은 기억만 기억하고 싶다. 나쁜 기억이 있다고, 좋은 기억마저 지울 수는 없잖아. 소중하게 간직했다가 두고두고 꺼내 봐야지.

"다 왔어. 일어나."

소윤이를 깨웠다.

"으음, 벌써?"

"얼른 일어나. 언니들 보러 가야지."

"알았어."

소윤이는 엔데빌즈 언니들 얘기가 나오니까 눈을 번쩍 떴다.

"배고파. 우리 점심 먹자."

"아직 열두 시도 안 됐어."

이제 소윤이랑 좋은 기억을 만들고 싶다. 우리 둘이서.

임 진 주

악몽 반복되던 유년 시절 동화는
내게 용기를 줬다

어릴 때 자주 악몽을 꿨습니다. 악몽이 무서워서, 자기 전 동화책을 읽었습니다. 무서운 호랑이와 친구가 되었고, 어두운 동굴에서 보물을 찾았습니다. 동화 속에서 노는 동안 악몽은 사라졌습니다. 동화는 제게 악몽을 물리치는 용기를 줬습니다.

동화를 읽으면서, 나만의 세계를 상상했습니다. 상상 속 세계를 만들고 싶어서 글을 썼습니다. 글쓰기로 교내 대회나 백일장에서 상을 받았습니다. 남들이 다 받는 상장 몇 개 받았다고, 작가가 됐다고 착각했습니다.

심각한 착각에 빠져 안양예고 문창과에 지원했습니다. 예고 문창과에서 공부하면서, 제가 우물 안 개구리라는 걸 깨달았습니다. 같은 반 친구, 선후배들이 훌륭한 작품을 쓰는 동안, 제자리걸음을 했습니다. 좋아하는 글쓰기를 원 없이 하는데도 괴로웠습니다.

내가 당선될 수 있을까? 이러는 게 시간 낭비는 아닐까? 미래를 확신할 수 없어 불안했습니다. 그래도 대학교 문창과에서 계속 도전했습니다. 포기하고 그만두려고 할 때마다, 자꾸만 다음 문장이 떠올라서 멈출 수가 없었습니다.

당선 전화를 받았는데 아직 얼떨떨합니다. 너무 좋아서 지금의 행복이 깨질까, 두렵기도 합니다. 부족한 저에게 기회를 주신 송재찬 선생님, 황선미 선생님께 감사드립니다. 앞으로 열심히 노력해서 좋은 작품을 쓰겠습니다.

안양예고 윤한로 선생님, 강만진 선생님, 오현종 선생님, 박선희 선생님 감사합니다. 소중한 인연 계원, 모모, 선영, 판다, 고마워. 언제나 제 꿈을 응원해주시는 엄마 아빠 사랑해요.

재혼 가정 사춘기 아이들
인물 개성과 전개 돋보여

응모 편 수에 비해 눈에 띄는 작품이 적고 동화에 대한 인식이 부족한 원고가 꽤 많았다는 게 올해 심사위원들의 공통 의견이다.

본심에서 진지하게 검토한 작품은 모두 4편이었다.

'할머니와 수만 시간의 법칙'은 경연을 앞둔 주인공이 할머니에게 문제 극복의 태도를 배우는 이야기다. 음악에 대한 소재는 좋은데 아동 중심의 서사 구성이 약해서 이야기가 분산되었다. 주제를 설명하는 방식이라 뒤로 갈수록 지루하고 주인공이 경연에서 우승하는 데에 초점을 두어 단조로운 인상이었다.

'짝 바꾸기 행운권'은 좋아하는 여자애와 짝이 되지 못했을 때 결과를 번복할 기회에 대한 이야기다. 성장하는 아이들의 이성 감정은 지극히 자연스러운 일이나, 굳이 남녀 짝을 정하는 설정이 어색하고, 상이나 마찬가지였던 행운권을 '짝을 바꾸거나' '음식을 남길' 때 사용한다는 점 또한 공감하기 어려웠다. 짝이 되기를 거부했던 아이가 그럴 수밖에 없었다며 주인공에게 편지를 보내는데, 정작 그 내용이 드러나지 않아 결말도 의문스럽다.

'세상의 모든 온유'는 관계에 서툰 아이가 학교를 성으로, 선생님을 마법사로, 자신을 괴롭히는 아이들을 용으로 표현하는 독특한 이야기다. 소재가 독특하고 이미지도 풍성했으나 문장 오류를 지적받았고 아동이 읽기에 다소 어려울 거라는 의견을 피하기도 어려웠다.

당선작 '우리 둘이서'는 재혼 가정의 사춘기 아이들이 서로를 인정하고 소통하기까지 과정을 담아낸, 비교적 서사가 선명한 작품이었다. 소재가 새롭거나 도전적인 작품이라고 할 수 없으나 인물의 개성 확보와 공감 가능한 서사 전개에 의미를 두어 수상작으로 결정했다. 이 결과가 단단한 서사를 펼쳐 내는 도약의 시점이 되리라 기대하며 수상자에게 박수를 보낸다.

심사위원 송재찬 · 황선미(동화작가)

동
시

강원일보

허은화

1959년 충북 제천 출생
2000년 『포스모던』 시로 등단
2018년 카팜 한국미술전 문체부장관상 수상
2022년 대한민국 미술대전 특선 수상
2023년 강원일보 신춘문예 동시 당선
2019년 『당신은 늘 그리움입니다』 시집 출간
한국미술협회, 한국문인협회, 동심회 회원
채색화그룹/창석회 회장
heh0114@hanmail.net

징검돌

허 은 화

앞서거니 뒤서거니
물살이 달려가다가

잠시
멈칫거리는 거기

머리만 쏙, 쏙, 물 밖으로 내놓고
멱 감는 아이들

      둘
하나   셋 넷   여섯 일곱
          다섯

하하하
헤헤헤

해는 벌써
뉘엿뉘엿 지는데

아이들은 아직도 물속
해 지는 줄 모른다

당선소감

허 은 화

눈이 많이 왔습니다. 춥기도 많이 춥습니다. 시베리아가 어디인지 구분이 안 되는 요 며칠입니다. 계절은 혹독하게 채찍질을 하는데 내 마음은 채찍질을 피해 자꾸만 달아날 궁리만 합니다. 그러나 아무리 춥고 혹독해도 봄은 또 오리라 믿습니다.

햇살이 늘 우리를 향해 비추고 있으니까요. 햇살이 저는 아이들이라고 생각합니다. 햇살이 있는 곳엔 언제나 희망이 있으니까요. 햇살 속에 참새들이 앙증을 떱니다. 뭐라고 뭐라고 쩍쩍거리기도 합니다. 저들이 꼭 아이들 같습니다. 세상에서 가장 소중하고 귀중한 아이들… 아이들은 우리 모두의 보물입니다. 그런 아이들의 가슴에 동심의 징검돌을 놓는 그런 시인되었으면 참 좋겠습니다.

아이들이 빙긋이 미소 지을 수 있는, 마음 한 자락에다 꽃을 피울 수 있는, 그런 동시를 썼으면 참 좋겠다는 생각도 해봅니다. 시를 쓰면서… 좋은 동시 한 편 써봐야겠다고 마음은 먹었지만, 생각은 마음을 따라오지 못하고 마음은 생각을 따라가지 못하더군요. 돌아보면 늘 엇박자 속에 끼어 끙끙거렸던 날들은 아니었던가… 하지만 그런 것들 하나하나가 밑거름이 아니었을까 감히 생각해 봅니다.

이번 당선 소식을 전해 듣고 저는 이런 단어가 생각났습니다. "불현듯/갑자기” 당선 소식이 그렇게 불현듯 아니 갑자기 불시에 찾아오리라고는 생각 못 했으니까요. 신춘문예의 장을 열어 주신 강원일보사와 심사위원 선생님들께도 다시 한 번 감사의 말씀을 올립니다.

그리고 늘 저를 지지해주는 가족과 그리고 형제자매들에게도 감사한 마음을 전하며… 창석회 회원님들 그리고 일일이 호명은 다 못하지만, 저를 알고 계시는 모든 분들과도 이 기쁨을 함께 나누고 싶습니다.

자연은 존재만으로도
소중하고 아름다운 것

전국 곳곳에서 1,400여 편의 동시를 보내왔다. 풍성한 동시 잔칫상을 마주한 것처럼 심사위원들의 마음도 심사 내내 풍요로웠다. 끝까지 남은 작품은 '징검돌', '보름달과 전깃줄', '풍뎅이', '공', '인디언들도 실뜨기를 했대' 등이다. 모두 문학성을 갖춘 완성도 높은 작품으로 당선작으로 모자람이 없다. '보름달과 전깃줄'은 동화적인 상상력이, '풍뎅이'와 '공'은 개성적인 비유와 묘사가 빛나는 발랄함이, '인디언도 실뜨기를 했대'는 재미와 신선함으로 눈길을 잡았다. 장시간의 논의 끝에 허은화의 '징검돌'을 윗자리에 놓았다. '징검돌'은 쉽고 맑은 언어로 풍경 속에 깃든 동심을 풀어냈다. 징검돌이 폭 감는 아이들이 되는 발상이 독특하다. 자연은 존재만으로도 소중하고 아름다운 것임을 보여준다. 인공지능과의 공존을 고민해야 할 우리에게 건네주는 아름다운 영상 같은 동시다. 무엇보다 오랜 습작 과정을 거친 듯 보내온 작품의 수준이 모두 고르다는 점을 높이 샀다. 당선을 축하드린다.

심사위원 이화주 · 정유경(아동문학가)

매일신문

정 정 안

1985년 대구 출생
2021년 웹진 〈문학던전〉 단편소설 연재
2022년 『어린이와 문학』 가을호 동시 게재
2022년 제6회 '십분발휘 짧은소설' 공모전 선정
2023년 매일신문 신춘문예 동시부문 당선
voddlqjtjt123@naver.com

크리스마스 동화

정 정 안

불빛이 하나씩 늘어가
친구들이 모이는 깊은 밤
유령 이야기가 빠질 수 없지
꼬마유령의 이야기를 아니?
덮어쓴 하얀 천이 바닥에 끌리는

발소리 없이
굴뚝에 오르고
트리 주변을 걸어 다니지
누구도 얼굴을 본 적 없어
두 발을 본 적도 없단다
하얀 천 때문에

"꼬마유령은 언제 어른이 되나요?"

글쎄, 그건 아무도 몰라
꼬마유령은 아직도 꼬마유령이거든

그날 밤
졸린 눈을 비비던 아이는
몰래 대문을 열고 나와
털신을 내놓았습니다.

당선소감

정 정 안

**따뜻함을
보태고 싶어서**

무슨 말로 시작해야 할지 모르겠습니다. 떨린다는 말만 떠오르네요. 당선 소식을 듣고, 할 말이 많을 줄 알았는데 막상 모니터 앞에 앉으니 고민이 깊어집니다. 멋있는 말을 쓰고 싶어서겠죠. 아마도 그건 포기해야겠습니다.

유독 시와 동시를 많이 읽은 해였습니다. 처음에는 재미있고 신선해서 읽었는데, 점점 위로받는 기분이 들었습니다. 그러면서 주변도 함께 살펴보게 되었습니다. 버리지 못한 우산, 먼지 쌓인 워커, 낡은 자전거, 폐지가 쌓인 리어카… 일상에 있는 모든 것이 시가 될 수 있다는 사실이 너무 신기했습니다. 일상에 있는 모든 것에게 애정을 가질 수 있다는 것도 신기했습니다.

그렇게 동시를 짓는 동안 저는 아주 따뜻한 시간을 보냈습니다. 「크리스마스 동화」는 그 따뜻함을 나누고 싶어서 쓰게 된 동시입니다. 진심을 더 꺼내놓자면, 아무도 춥지 않길 바라는 마음이 가장 큽니다. 아무리 유령이라 할지라도 말입니다.

감사한 분들이 많습니다. 아무것도 모르던 저에게 문학의 가치를 가르쳐주신 김원우 선생님, 장옥관 선생님, 손정수 선생님께 깊은 감사를 드립니다. 저의 부족한 글에서 가능성을 봐주신 심사위원님들께도 고개 숙여 감사 인사를 드립니다. 앞으로도 고민과 애정을 담아 동시를 써나가겠습니다. 산미없음 친구들을 포함하여 저의 글을 따뜻한 시선으로 읽어주셨던 모든 분들께도 감사 인사를 드리고 싶습니다.

끝으로 제가 어떤 글을 쓰고 있는지 전혀 모르는 가족, 움츠리고 있던 저에게 용기를 북돋아준 내 영각과 기쁨을 나누고 싶습니다.

심사평

동화 같은 풍성함 속
풍부한 상상력 펼쳐

심사하는 동안 즐거웠다. 동시의 형식과 소재가 새롭고 시적 표현이 뛰어난 작품을 만날 수 있었기 때문이다. 그렇다고 응모된 작품 전체가 그렇다는 말은 아니다. 기성의 동시 형식과 시적 표현을 추수하는 작품에 눈살을 찌푸리기도 했다. 여전히 시적 대상을 가족이나 어린이(아들·딸, 그리고 손자·손녀 등), 과거 어린이의 놀이 등으로 한 작품이 있었지만, 새로운 시도를 하는 작품이 더 많았다.

심사 기준을 논의하면서 소재와 발상의 신선함도 중요하지만, 시공간을 넘나드는 어린이의 풍부한 상상력을 잘 살려낸 작품을 맨 앞에 두기로 하였다. 안정적인 기교로 익숙한 분위기를 전달하는 작품보다 현재의 진부한 동시를 넘어서는 발상과 표현을 살피기로 했다.

마지막 후보작으로 올라온 작품은 '크리스마스 동화', '토끼 꺼내기', '사과나무 뿌리' 이렇게 세 편이었다. 여러 번 읽으며 고민에 고민을 거듭하다가 정정안의 '크리스마스 동화'를 당선작으로 올린다. 이 작품은 크리스마스의 설렘을 형상화한 작품이다. 크리스마스에 대한 종교적 의미보다는 친구들과 함께 크리스마스트리 앞에서 선물을 기다리는 즐거운 시간을 차분한 어조로 그려내어 동화 같은 풍성함이 있다. 환상의 세계를 거쳐서 현실의 모든 사실을 이해하는 어린이의 인식 태도에 알맞게 상상이 펼쳐진 작품이다. 메시지를 강하게 드러내지 않으면서도 여운이 남고, 형식적으로 짧은 시가 아닌데도 여백이 느껴진다. 그만큼 독자가 상상할 수 있는 폭이 넓다는 말이다. 독자에 따라서 경험을 바탕으로 다양하게 해석하는 즐거움도 있을 것이다.

함께 보내온 '우주 비행사'도 낯선 발상이면서 완성도가 높은 작품이다. '초승달'을 '할머니의 뭉툭한 손'에 비유한 것이 그렇고, 할머니–엄마–화자로 이어지는 사랑과 기쁨을 달나라 여행으로 나타낸 시의 분위기가 재미있으면서 여운이 남는다. 이런 점 등이 심사 기준에도 적합했고, 동시 창작의 역량에 대한 믿음을 주었다. 앞으로 동시문단의 새로운 활력소가 되어 우뚝 서는 시인으로 성장하기를 기대하며 축하의 박수를 보낸다.

심사위원 김종헌(평론가, 대구교대 연구교수) · 김개미(시인)

부산일보

연 지 민

1964년 청주 출생
청주대대학원 국문학과 졸업
언론사 재직
2023년 부산일보 신춘문예 동시부문 당선
저서 : 스토링텔러북 〈물길, 세종대왕 꿈을 담다〉 외 다수
annay2@hanmail.net

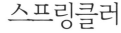

스프링클러

연 지 민

땅속에 고래가 산다
숨을 내쉴 때마다
분수처럼 하늘로 퍼지는 물줄기

땅속에 숨은 고래
콧구멍만 내놓고
뱅글뱅글 물을 뿜는 걸 보니

너 혹시
140년 동안 아무도 본 적 없다는
부채이빨고래 아냐?

당선소감

연 지 민

다음 생도 글밭 언저리에
살겠습니다

서른, 처음으로 글 숲에 발을 들여놓았을 때 그냥 가보고 싶었습니다. 문학에 대한 깊은 고민보다는 나를 찾아가는, 조금은 가벼운 여행이었습니다. 하지만 여행의 유혹이 사라진 뒤 마주한 현실은 구중궁궐이었습니다. 문을 열고 들어가면 다시 문이 가로막았고, 어찌어찌 그 문을 밀고 들어가면 또 다른 문이 기다리고 있었습니다. 가볍게 나선 여행이 돌아갈 수 없는 길이 되고, 끝나지 않는 길이 되어 문학의 그림자를 좇을 줄은 몰랐습니다.

앞으로 나아가지 못하고 멈칫댈 때마다 그 문들은 더 단단해지라는, 더 열정을 쏟으라는, 더 깊어지라는 강력한 시그널이었습니다. 어둑한 글 숲에서 걷기를 멈추지 않고 문장의 버거움을 견디고 있는 것은 글을 쓰고 있을 때 가장 나다운 나였기 때문입니다.

돌고 돌아 글 쓰는 일이 업이 된 지 오랩니다. 그런데도 문학에 대한 갈증으로 여전히 시의 언저리를 서성이고 있습니다. 이생에서 못하면 다음 생에서 하면 된다는 이 느긋함은 또 무엇인지 알 수 없지만, 저보다 더 안타깝게 바라봐주시고 마음 써주신 분들에게 늦게나마 결실을 보여드리게 되어 기쁩니다.

딸보다 더 소녀 같은 송기순 여사, 산처럼 든든한 가족들, 사랑합니다. 문학의 나침반이 되어주신 임승빈, 함기석 시인님, 아동문학에 길라잡이가 되어주신 전병호, 박혜선 시인님, 마음 깊이 감사합니다. 질투와 존경의 대상인 글밭 친구들과 문우들, 그리고 빛나는 순간을 선물해주신 부산일보에도 감사의 마음 전합니다.

다음 생도 글밭 언저리에서 살고 있겠습니다.

호기심을 부르는
재미·신선함 눈길

올해 응모 편수는 동시 709편, 동화 190편으로 창작 열기가 대단했다. 동시는 쉬우면서도 강한 울림이 있어야 하는데 어린이에게 낯선 소재가 간간이 눈에 띄었다. 그렇지만 작년보다 소재가 다양하고 시를 다루는 수준이 높았다. 동화는 대체로 문장을 오래 연마해온 흔적이 뚜렷하여 읽는 즐거움이 있었다. 그런데 서사문학에서 가장 중요한 캐릭터 창조에는 대부분 소홀하여 독자를 사건 속으로 훅 끌고 들어가지 못해 이야기의 재미를 돋우기에는 역부족이었다. 본선에 오른 작품은 동시 네 편과 동화 두 편으로 모두 여섯 편이었다. 동화 '나는 누구일까요?'는 문장이 건강하고 제목도 좋았다. 그런데 누군지 밝혀보려고 마음의 준비를 단단히 한 독자에게 힌트도 안 남기고 작가 혼자 가버리는 바람에 쫄깃쫄깃한 서사를 만들지 못했다. 어려운 상황의 그 '누구'는 뚜렷한 캐릭터가 없어 스스로 극복하는 서사를 만들지 못하고 누군가의 도움으로 문제를 해결하여 안이한 결말이 되었다. '탐정 구구'는 캐릭터와 문장도 살아 있었으나 마지막에 탐정보다는 착한 어른으로 캐릭터가 변경된 것이 사족이었다. 동시 '링거'와 '할머니 뿔'은 함축미가 뛰어나고 재미있으나 나머지 작품들의 수준이 고르지 않았고, '소 한 마리'는 은유가 돋보였으나 간결미가 부족하였다. 마지막 남은 '스프링클러'는 문학적 상상력이 뛰어나고 호기심을 유발하는 재미와 신선함이 압권이었다. 작품 수준이 고른 것으로 보아서 오랜 습작 시기를 거쳤다고 보여 당선작으로 뽑는 데 이견이 없었다. 꾸준한 정진을 바란다.

심사위원 구옥순(동시인) · 배유안(동화작가)

조선일보

임미다

본명 임미영
1976년 서울 출생
서울예술대학교 문예창작과 졸업
중앙대학교 대학원 문예창작학과 석사과정 수료
2023년 조선일보 신춘문예 동시부문 당선
mygoodschool@naver.com

고양이 기분

임 미 다

우리집 고양이 이름을 '기분'으로 지어줬어.
길에서 절뚝이던 아이가 다 나아 쌩쌩해졌을 때
기분이 무척 좋았거든.

-기분이 뭐해?
: 자고 있어.
-기분이 잘 먹어?
: 한 그릇 다 먹었어.

우리 식구는 전보다 전화를 자주 해.
멀리 사시는 할머니도
낮에는 바빠서 통화 못 하던 아빠까지도
몇 번씩 전화를 한다니까.

-기분이 뭐해?
: 배 내놓고 누워있어.

-똥은 잘 치웠어?
: 당연하지.
-기분이 어때?
: 신났나 봐, 막 뛰어다녀.
-아니, 네 기분은 어떠냐구!
: 응? 으응?

누군가 내 기분을 물어주다니!
말랑하고 부드럽고 살랑거리는
내 기분은 마치
고양이 같아.

임 미 다

좋은 언어로 아이들에게
세상을 전달하고 싶어요

당선 전화를 받았을 때, 심장이 뜨겁게 뛰면서도 놀란 덕분인지 등에는 차가운 물줄기가 흐르는 듯했다. 수업 직전이었고 커피가 담긴 잔의 온기가 유난히 고마웠다. 아이들이 얘기하고 웃는 모습을 보면서, 너희 덕분이구나, 미소 지을 수 있었다. 아이들은 내일의 모습을 짐작할 수 없는 구름 같고, 나는 순간순간의 구름을 기록하고 싶은 사람인 듯하다. 이 마음이 시를 쓰게 했다.

미루어 짐작하지 않고 하나하나 묻는 아이들의 태도를 좋아한다. 쏟아지는 물음을 통해, 짐작에서 착각, 거기에서 또 오해로 연결되어 마음 끓이는 나를 수정하곤 한다. 아이들을 통해 깨달으며 어른과 아이의 경계가 사라지는 것을 본다. '너 그렇구나'하며 단정 짓기보다 '넌 어떠니'를 물어주는 사람이 되고 싶은 마음과, 다친 고양이를 걱정하는 아이들 마음, 길고양이를 식구로 들인 지인의 이야기, 아들아이와 얼굴을 맞대고 자는 우리 집 회색 고양이의 따스함이 모두 어우러져 〈고양이 기분〉을 빚었다.

시를 세상에 내보일 수 있게 해주신 심사위원님과 축하해 주시는 분들께 감사드린다. 세상의 슬픔과 부조리를 아이들에게 전달하고 나면, 뒤돌아서 나의 언어와 비언어 모두를 반성할 때가 많다. 이 반성을 멈추지 않고 좋은 언어로 세상과 만나겠다. 꾸준히 즐겁게 쓰는 것만이 격려와 주어진 행운에 보답할 길이다. 소식을 전하지 못할 사람들이 더 많겠지만 시간을 두고 무르익은 시로 인사하고 싶다. 하늘을 열어 보여주는 산책길과, 도서관의 충만한 고요와 우직한 불빛에게 고마움을 전한다.

구어체·대화체의 만남,
기존 동시의 틀에서 벗어나 눈길

전반적으로 자연과 사물을 통해 동심을 표현하는 작품이 많았다. 종전 동시에서 흔히 다룬 소재라도 새로운 관점에서 바라보고 새롭게 표현하려는 작품이 늘어난 것은 긍정적인 면이었다. 그러나 너무 성인 의식에 치우쳐 아이들의 동심을 놓친 작품도 있어 아쉬웠다.

'집에서 노는 사람'은 엄마의 모습을 새로운 시각에서 바라보고 표현하였으나 너무 엄마에게 초점을 맞춘 것이 흠이었다. '너구리 삼형제'는 야생동물은 자연이 치유해 준다는 발상이 좋았으나 너무 작위적인 면이 보여 아쉬웠다. '꿈을 튀기는 시간'은 동시다운 발상의 깔끔한 작품이었으나 뻥튀기라는 소재가 낡아서 새롭지 않았다. '푸른 심장'은 세련된 시적 문체와 산뜻한 묘사에 호감이 갔다. 그러나 발상이 이전 동시에서 흔히 보아온 것이라서 참신성이 떨어졌다.

당선작 '고양이 기분'은 아이가 버림받은 길고양이를 돌보면서 사랑의 가치를 알게 되고 가족에게서도 관심을 받게 되는 과정을 인상적으로 표현했다. 성인 중심이 아니라 아이 시각에서 아이의 목소리로 자연스럽게 표현한 점이 돋보였다. 동시답게 간결하고 단순하게 표현한 것도 미덕이었다. 아이의 기분을 고양이에게 비유한 상큼한 결말도 인상적이었다. 기존 동시의 틀에서 벗어나 구어체와 대화체의 새로운 기법과 형식에도 호감이 갔다. 당선을 축하하며 꾸준한 정진을 바란다.

심사위원 이준관(아동문학가)

2021 신춘문예 당선 동화동시집

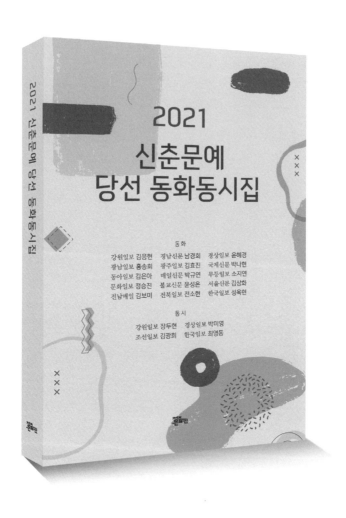

동 화

강원일보	김응현	국제신문	박나현	불교신문	윤성은
경남신문	남경희	동아일보	김은아	서울신문	김상화
경상일보	윤혜경	매일신문	박규연	전남매일	김보미
광남일보	홍송희	무등일보	소지연	전북일보	전소현
광주일보	김효진	문화일보	정승진	한국일보	성욱현

동 시

강원일보	장두현
경상일보	박미영
조선일보	김광희
한국일보	최영동

2022 신춘문예 당선 동화동시집

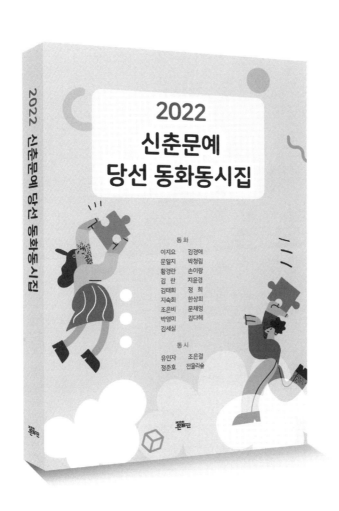

동화

강원일보 이지요	동아일보 김 란	서울신문 조은비
경남신문 김경애	매일신문 지윤경	전남매일 문채영
경상일보 문일지	무등일보 김태희	전북일보 박영미
광남일보 박청림	문화일보 정 희	조선일보 김다혜
광주일보 황경란	부산일보 지숙희	한국일보 김세실
국제신문 손이랑	불교신문 한상희	

동시

강원일보 유인자
경상일보 조은결
매일신문 정준호
한국일보 전율리숲

2023 신춘문예 당선동시동화집

초판 발행   2023년 1월 26일
지 은 이   이지영 외 17人
발 행 인   노용제
기   획   정은출판 기획부
발 행 처   정은출판
등록번호   신고 제301-2011-008호(2004. 10. 27)
주   소   04558 서울시 중구 창경궁로1길 29. 3F
전   화   02)-2272-8807, 02)-2272-9280
팩   스   02)-2277-1350
홈페이지   www.je-books.com
전자우편   rossjw@hanmail.net
I S S N   2982-5040